人生には何ひとつ無駄なものはない

遠藤周作
鈴木秀子／監修

朝日文庫

本書は一九九八年三月、海竜社より出版された。

人生には何ひとつ無駄なものはない◆目次

［人間・性格・縁］

［教育・父性母性・不幸・嫉妬・挫折］

［心・真実・生命・宇宙］

心の不可思議 心の暗闇――239

人生には何ひとつ無駄なものはない

［人生・善悪・罪・正義］

人生には何ひとつ無駄なものはない

人生には何ひとつ無駄なものはない

我々の人生というものは、自分が選ぶ状況と、自分の意志とは関係なく与えられた状況とがある。

『愛情セミナー』（エッセイ）

†

人生の意味が初めからわかっていては我々は生き甲斐もない。人生の意味がなかなかわからぬから、我々は生きる甲斐もあるのだ。

『愛情セミナー』（エッセイ）

†

われわれは、人生を知り尽くして生きていることは、まずありえないでしょう。人生とはこういうものだ、と考えて、人生とはこういうものだ、と知り尽くして、毎日を生きているはずはないと思います。日常、生きているうちに、さまざまな悩みや問題に触れて、そして人生とは何か、と考えるというのが本当でしょう。

人生の意味が初めからわかっているならば、われわれはそれを生きるに値《あたい》しません。人生というものがわからないから、われわれは生きて、そして人生とは何かということを、生きながら考えているのだと思います。

『私のイエス』（エッセイ）

†

人生は抱き締めれば抱き締めるほど、やがて燦然たる光を放つようになります。

『あなたの中の秘密のあなた』（エッセイ）

†

いたずらに老醜をさらして生きのこるよりは、みずからの生命を断つほうが誠実である場合もある。

だが、同時に醜をさらして生きのびることにも意義があるように私には思える。私は出鱈《でたら》目《め》なカトリックだが、カトリックは自殺を禁じている。しかし私は時々、死にたいと思うことがあっても死なないでいるのはそのためではなく、ひとつには死に対する怖《おそ》れからでもあるが、もうひとつにはどんなに生きのびることが醜く、うすぎたなく自他共に思われようとも、なお生きのびること自体に意味はありはしないかという問いに解決がついていないからでもある。

人生はどうせ醜く、うすぎたない。とくに年とれば年とるほどその思いは強まっていく。そのように醜く、うすぎたない余生に決着つけずに生きのびることは一見、卑怯にみえるようだが、醜くてうすぎたない人生だからこそ、なお生きつづけることに値し、生きつづけねばならぬという考えも成り立つのではないか。

『お茶を飲みながら』（エッセイ）

†

人間は、自分の自由意志で、あれこれ選択することができるのではなくて、自分がそこへ持って生まれた状況のすべてを、肩に背負って生きていかなくてはならない。少なくとも、人生の中にはこういう部分がたくさんあります。

『私のイエス』（エッセイ）

†

人間というのはたくさんの情熱で生きていくことはできない、人間というのは自分の生まれた環境、自分の生まれた場所、そういうものを背中に背負って生きていかざるをえないのだ。

『私のイエス』（エッセイ）

†

尊敬する小説家フランソワ・モーリヤックの最後の作『ありし日の青年』に、次のような言葉がある。

「ひとつだって無駄にしちゃあ、いけないんですよと、ぼくらは子供のころ、くりかえして言われたものだ。それはパンとか蠟燭《ろうそく》のことだった。今、ぼくが無駄にしていけないのは、ぼくが味わった苦しみ、ぼくが他人に与えた苦しみだった」

この言葉を読んだ時、思わず「これだな」と思った。私が会得したものがそのまま、そこに書かれていると知ったからである。

ひとつだって無駄にしちゃいけない――と言うよりは、我々の人生のどんな嫌な出来事や思い出すらも、ひとつとして無駄なものなどありはしない。無駄だったと思えるのは我々の勝手な判断なのであって、もし神というものがあるならば、神はその無駄とみえるものに、実は我々の人生のために役にたつ何かをかくしているのであり、それは無駄どころか、貴重なものを秘めているような気がする。これを知ったために、私は「かなり、うまく、生きた」と思えるようになった。

『生き上手　死に上手』（エッセイ）

†

ある時期から私は自分のなかの色々なチャンネルを一つだけと限定せず、できるだけ多く廻《まわ》してやろうと考えはじめた。

音ひとつを鳴らして生きるのも立派な生きかただが、二つの音、三つの音を鳴らしたって生きかたとしては楽しいじゃないかと思うに至ったのである。

『生き上手　死に上手』（エッセイ）

†

たいていの人はそうだろうが、私自身には波瀾《はらん》万丈の人生などありはしなかった。私の人生の内容は同時代の人とそう変わりなく、小説家という仕事はしているが破滅型ではなかったから、実生活はごく平凡なものだった。実生活での多少の不幸、多少の病気、多少の苦しみはあったが、それは他の人たちも味わうようなものであり特別に私だけに与えられた試練でもなかった。

しかし、そんな平凡な生活も小説家として小説を書くため噛《か》みしめるより仕方なかったが、そのおかげで私はいろいろな意味を見つけた。いろいろな意味がつながって大きな意味に向かいつつあるのを今、感じている。

『心の夜想曲』(エッセイ)

†

六十歳になる少し前ごろから私も自分の人生をふりかえって、やっと少しだけ「今のぼくにとって何ひとつ無駄なものは人生になかったような気がする」とそっと一人で呟くことができる気持ちになった。

そういう心境になったのはひとつは私が小説家であるせいかもしれない。小説家は作中人物を生むために、たえず自分の過去の貧しい体験や心理を牛のように反芻しているものだ。反芻に反芻を重ねているうちに、それら貧しい体験や心理が実はいつか来る大きなもののためにどんなに欠くべからざるものだったか、わかってくる。表面は貧弱にみえた出来事や経験、表面は偶然にやったようなことにも実は深い意味がかくされていて、その意味の珠《たま》と珠とが眼にみえぬ糸によってつながれ、今の自分を形づくっていることが感じられる。

それが小説家として私の学んだひとつなのだが、その気持ちが私に「今のぼくにとって何ひとつ無駄なものは人生になかったような気がする」と言わせてくれるのだ。

『心の夜想曲』（エッセイ）

†

「われわれは労働で死んだように疲れ、スープサジを手にもったままバラックの土間に横たわっていた。そのとき一人の仲間が飛びこんできて、急いで外の点呼場までくるようにといった。そしてわれわれは西方の暗く燃え上がる雲を見た。幻想的な形と青銅色から真紅の、この世ならぬ色をもった雲を見た。そしてその下に収容所の荒涼とした灰色の掘立小屋と泥だらけの点呼場があった。感動の数分がつづいた後に、だれかが他の人に世界って、どうしてこう美しいんだろうとたずねる声が聞えた」

この個所（フランクル『夜と霧』）を私は、志ひくくなった時、幾度も読む。そして、そのことばが単なる一時的な感傷か、疲労からきた感動かと疑う。しかし、そうした私のいやらしい疑いをたちまち打ち消してしまうようなページにすぐぶつかる。

「強制収容所を経験した人はだれでもバラックの中を、こちらでは優しいことば、あちらでは最後のパンの一斤を（病人に）与えた人間の姿を知っているのである」

一日、一つのパンとスープしか与えられず、もしそれを食べねば強制労働中、自分が倒れてしまうかもしれぬのに、そのパンを病人に与えた人がごく少数であったが存在していたことをフランクルは記録しているのだ。そして、その時「世界って、どうしてこう美しいのか」ということばが意味を発するのであり、人間の自由はどういう時でも決して奪われることはないと私に思わせるのである。

『よく学び、よく遊び』（エッセイ）

プラスにはマイナスがあり、マイナスにはプラスがある

我々の人生には絶対的なものなどありはしないと言うことにつきる。

『生き上手　死に上手』（エッセイ）

†

人生的というと何か小説や映画に出てくる劇的なものを連想するが、しかし劇的なものだけが人生的なのではない。

劇的なものが表面にはまったく見えぬ平々凡々な日常の苦労の連続、それが我々の生活である。しかし、「その人生（的）ならざる処や人生」であり、人生のふかい意味と神秘とがひそんでいるような気がしてならぬ。

『生き上手　死に上手』（エッセイ）

†

たしかにどんな人だってその人の人生という舞台では主役である。そして自分の人生に登場する他人はみなそれぞれの場所で自分の人生の傍役のつもりでいる。

だが胸に手をあてて一寸《ちよつと》、考えてみると自分の人生では主役の我々も他人の人生では傍役になっている。

たとえばあなたの細君の人生で、あなたは彼女の重要な傍役である。あなたの友人の人生にとって、あなたは決して主人公《ヒーロー》ではない。傍をつとめる存在なのだ。

『生き上手　死に上手』（エッセイ）

†

我々人間は、人生という舞台で自分を表現しようとして生きているのだが、誰《だれ》もが十分自分を表現しえたと満足してはいないだろう。何か表現できなかったものがあると死ぬまで考えているだろう。

若い頃はその「表現しえぬ」ことにあせったが、この年になってみると、これでいいのだと思うようになった。というのは我々を包んでいる大きなものが、その表現できなかったものを充分に吸いとって、余白のなかで完成させてくれていると考えるようになったからだ。

『生き上手　死に上手』（エッセイ）

†

また心配事がふえたぞ。生きていることには心配の連続の部分がある。

『生き上手　死に上手』（エッセイ）

†

ストライキ中にパリでもうかった商売は自転車屋と本屋とのことで、本屋は四割ほど売り上げをましたそうである。また学生と警官隊の衝突のあった通りでは炎上された車の持ち主（？）が「わが愛車が燃やされたことを光栄に存ずる」という紙をはっていたというし、ストライキが下火になっても、その期間さまざまな不便を感じたにちがいない市民が「連中にはストライキの権利があるのだからな」と肩をすぼめるだけで、呪《のろ》いや不平をぶちまける気配は少なかったという話だ。

もちろん、こういう話はすべてのフランス人にあてはまるものではあるまい。焼かれた車にはり紙をしたのは持ち主ではなく、学生たちかも知れぬし（いかにもフランス学生のやりそうないたずらにみえる）、パリ市民全部がストライキ中の不便さに不平を言わなかったとは思えない。

しかし、こういうエピソードを読むと、われわれはいかにもフランス人らしいにおいをこれらの話に感じる。ストライキでいろいろ不便があれば読書を楽しむという生活技術、車が焼かれれば自分のヤケクソの気持をユーモアで救おうという発想法、それから自分の権利も主張するかわりに他人の権利も認めるという考え方――そういった例は私もフランス留学中、別の形で、いろいろと見た記憶がある。そしてその度ごとに私は「やつら、生きることをたのしむ技術を知っているな」といささか口惜《くや》しいが感心したものだ。

『よく学び、よく遊び』（エッセイ）

「もし、私があの時、伯母たちの奨《すす》める縁談を拒絶したい気持がなかったなら」「もし私が、父を憎み亡母を思慕する気持がなかったなら」

私はこの妻と結婚はもちろん、交際もしていなかったであろう。同じように妻も「もしその助手に黙殺されたという寂しさを味わっていなかったなら」我々は生涯、水呑《みずの》み場で水を飲んで運動場の左右に別れていく二人の小学生のような関係しか持たなかったであろう。

だが、この「もし」がなかったため、私たちは現に結婚している。この偶然を我々の人生のなかで織りなしている存在は一体、何なのか。偶然は本当にたんなる偶然にすぎないのだろうか。

誕生祝いのデコレーション・ケーキをたべながら、子供を叱《しか》っている妻の顔を見つめた。この女が私の人生に侵入し、私がこの女の人生に侵入した事情はみな「もし」なのかと考える。もし、そうだとすれば、やはり生きるということは神秘的なことだ。

『影法師』（小説）

†

苦しいことは楽しみながらやったほうがよい。

『心の航海図』（エッセイ）

†

この人生では嬉しいことは三分の一で、あとは平凡な苦労の連続だ。

『変るものと変らぬもの』（エッセイ）

†

一人の人間が他人の人生を横切る。もし横切らねばその人の人生の方向は別だったかもしれぬ。そのような形で我々は毎日生きている。そしてそれに気がつかぬ。人々が偶然とよぶこの「もし」の背後に何かがあるのではないか。「もし」をひそかに作っているものがあるのではないか。しかし、私にはまだそれがわからない。そのことについて考えた本を読んだことさえない。

『影法師』(小説)

†

生きるって、時には周りを傷つける時があるの。生きようとするために、人を傷つけてしまう女がおるんやわ。わたしは……そんな女かもしれない。

『彼の生きかた』(小説)

†

突然、誰かが耳もとでぼく自身に問いかけるような錯覚に捉われた。今でもあの瞬間、どうしてあんな声を聞いたような気がしたのかふしぎである。

(ねえ、君があの日、彼女と会わなかったら)と、その声は呟いた。(あの娘も別の人生を——もっと倖せな平凡な人生を送ったかもしれないな。)

(俺の責任じゃないぜ。)とぼくは首をふった。(一つ一つ、そんなこと気にしていたら、誰とも会えないじゃないか。毎日を送れないじゃないか。)

(そりゃそうだ。だから人生というのは複雑なんだ。だが忘れちゃいけないよ。人間は他人の人生に痕跡を残さずに交わることはできないんだよ。)
ぼくは首をふって、雨のなかを、ぬれながら、歩きつづけた。ちょうどあの渋谷の夜、仔犬のようについてきたミツに眼もくれずに駅にむかって歩きだしたように……

『わたしが・棄てた・女』(小説)

†

自分の人生は色々なものの複合体だと思っている。立体的であると思っている。色々なものに結びつけられて「生きる」ということが成立していると考えている。

『狐狸庵閑談』(エッセイ)

†

かなり人生を生きたおかげで、私はマイナスにもプラスがあり、プラスにもマイナスがあることを充分にまなんだ。たとえば半年のあいだ私は病気がちだったが、この肉体的なマイナスのおかげで自分の人生や他人の苦しみを察することが多少はできるようになった。かえりみると病身でなければ私は傲慢《ごうまん》な男でありつづけていたかもしれぬ。私はある面で臆病《おくびょう》だが、この臆病さゆえに仕事の準備などに慎重であることもたしかだ。マイナスにもプラスがあり、プラスにもマイナスがあるのである。

だから私は自分の能力や性格にコンプレックスを持っている若い人には、その欠点やコンプレックスをプラス面に変えることを教えている。口下手な人間がいくら上手にしゃべろうとしても困難である。「口下手」という欠点に悩んでいるなら「聞き上手」に変ればよい。聞き上手ということは長所である。

二番目にマイナスにもプラスがあり、プラスにもマイナスがあることがわかったならば、どんなすばらしい主義思想も限界をこすとマイナスになり、どんなすばらしい善も限界をこすと悪になることを知ることだ。それは独善主義から自分を救うに役立つからである。革命はすばらしい主義であろうが、それがある限界をこした時、非人間的なものになることでもこの観点はわかってもらえるはずである。他人を愛することはすばらしいが、それが限界をこすと相手に重荷を与え、相手を苦しめることさえある。その限界がどこかをたえず心のなかで嚙《か》みしめておかねばならぬ。

三番目に一人の人間のなかにはいろいろなチャンネルがあることを知ることだ。今までの世のなかでは「ひとすじの道」と言って、自分のなかの一つのチャンネルの音だけだす生きかたをする人が多かった。私は自分のなかのいろいろなチャンネルをまわし、人の二倍を生きた気持になっている。

私がもし若い人を教育するとしたら、この三つをいつも語ってきかせるだろう。落ちこぼれのなかにプラスがあることを話すだろう。少年時代に私は落ちこぼれだったが、それが今、小説家として人間を知る上でどんなに役にたっていたか、わからない。人生というふしぎな過程のなかには、無意味なもの、無価値なものは何ひとつないのだ、という確信は私の心のなかでますます強くなっている。

だから挫折《ざせつ》も失敗も病気も失恋もプラスにしようとすればプラスになっていくのだ。そのプラスにする知恵を教えてやるのが、私は本当の教育だと思っている。

『春は馬車に乗って』(エッセイ)

人生の時間と生活の時間

人生や人間には言葉ではとても語れない深いX《エックス》がその底に沈んでいて、我々の言葉が人生論とか人間論とかで掬《すく》いあげるのは、せいぜい、その上《うわ》ずみにしかすぎない。

『ほんとうの私を求めて』（エッセイ）

†

人にはそれぞれ、それによって助けられながら生きていく支柱のようなものがある。ある人にとっては仕事であり、ある人にとっては名声や地位や権力であろう。しかしそういうものと次元を異にしている支えや助力者は人間には必要なのだ。

仕事や名声や社会的地位はその人にとって人生ではなく、生活の領域に属するものである。しかし我々は生活だけで生きているのではない。我々には社会的生活とはちがった個人的な人生もあるのである。

その人生を考えた時、我々はそれを直線にするか、立体化して捉えるかの二つを選ばざるをえない。

人生を直線にするとは、合理主義の考えのもとに、この世を超えた世界は認めないという考え方だ。この世はこの世だけ。死ねば人間は無になる。理屈で納得のいかぬものは認めない。

我々は自分の周辺に多くそういう人を見ることができる。

『狐狸庵閑談』（エッセイ）

†

だらしなく、うす穢《よご》れた我々の日常生活にも「しーん」とした何かが入りこんでくる時がある。その時を私は「人生の時」とよびたい。それは「生活の時間」にさしこんできた「人生の時間」なのだ。

その人生の時間は人それぞれによって違う。

ある人にとってはそれは愛する者と死別した時である。

別の人にとってはそれは愛する者から棄てられた時である。

他の人にとってはそれは自分の病気が治らぬものと知った時である。

私は思いつくままに、我々の日常生活にとって不幸にみえる例を三つあげたが、それは「しーん」とした人生の時が多くの場合、苦しみと共に訪れるからである。

むかし私は神というものがあるなら神は私たち人間になぜ苦しみを与えたのだろうかとよく考えた。

しかしこの年齢になって、私は生活のなかに「しーん」とした人生の時をもたらすのは幸福や悦びより苦悩のほうが多いことに気がついたようである。

我々が幸せな時には、自分の幸せに酔っていて、他の存在を忘れがちである。

しかしむかし病気をして苦しかった時、私はベッドから窓の外に見える一本の橡《とち》の樹と話したものだ。その話は私が死んでも彼が生き残るだろうとわかった時からはじまった。

小禽《ことり》の眼があんなに哀しいものであることを知った時、今まで重要視しなかった小禽の存在が私の心に入ってきたが、それも病気の時だった。

その頃は樹も鳥も私に話しかけてくれた。私たちの間には幸せだった時にはない交流が成立していた。しかし病気が恢復してみると会話は少しずつ消えていった。私は自分以外のこれらの存在を忘れがちになっていったのだ。

日常生活のなかに「しーん」とした人生を挿入するのは苦しみである。そういう苦しみを多少でも持っている人間には、その多少に応じて、他の「しーん」としたもの、絵でも踊りでも音楽でもわかるのだろう。なぜならそれらは我々を酔わせるものではなく、ふたたび心を覚醒させるものなのだから。

『ひとりを愛し続ける本』（エッセイ）

†

私は生活と人生とは違うと考えています。生活とは言うまでもなく、毎日、みなさんが送っている日常の、同じ事のくりかえしの、色あせた毎日のことです。我々は生きて、食べていかねばなりませんし、現実は決して夢のようなものではありませんから、我々はやはり、この単調な——時には息ぐるしい毎日を背負っていかねばなりません。

どんな人にとっても多かれ少なかれ灰色で、閉鎖的なこの生活のなかに、フッと穴をあけてくれるような言葉、しかもその穴が、この生活をまったく更新するかのような言葉、生活とはちがった人生を連想させるような言葉——それが女にとって一番、魅力的な殺し文句なのです。言いかえれば、女のひっかかりやすい殺し文句なのです。

『ほんとうの私を求めて』（エッセイ）

†

歳月の力を私は高く評価している。奈良や大和が我々にとって美しいのは、それが廃墟だからだ。もし昔のままの奈良にタイムトンネルで我々が運ばれたならば、おそらく我々は幻滅したろう。廃墟という歳月の流れがそこにさまざまな感慨を人に起させるから、奈良や大和は美しいのである。

『変るものと変らぬもの』（エッセイ）

†

インドでは生活と人生が一緒になっている。日本では生活しかない。日本の多くの人は生活だけがすべてという考えです。

日本の社会に長く身を曝していると、もう叩かれたり、蹴られたりして（笑）、自分自身の人生をきちんと考え、整えることがなかなかできない。しかしインドへ行ったおかげで、

「生活だけじゃないぞ」という気持ちが起きてくる。

『「深い河」をさぐる』（対談）

†

大きな世界がインドには重なっていますね。それは、たとえば今あなたのおっしゃったガンジス河みたいなものでね、あれは死と生とが一緒になって住んでいる大きな河ですが、そういう大きな河みたいなもの、この世をもう一つ別の次元から包含するような大きな世界が存在するということ、インドへ行くとそれが感覚的にわかってくるでしょう。そこがいいんだね。それがインドの魅力のような感じがするんですけれど。

では、もう一つの大きな世界とはいったい何かと問われれば、何と言っていいかわからないけど……、「大きな生命」とは言えるかもしれない。

『「深い河」をさぐる』（対談）

†

人は人間を守る自由のために生きているのだ。

『生き上手　死に上手』（エッセイ）

善も限界をすぎれば悪になる

善も限界をすぎれば悪になり、愛も限界を過ぎれば人を苦しめる。

『心の夜想曲』（エッセイ）

†

ひょっとして、悪さの中に、彼の利点が隠されているのかもしれません。あなたが、いつもかならずしも正しいとはかぎっていないし、無意識のうちにマイナスがあるということを自覚すれば、錦の御旗を掲げて誰かを裁いたり、非難したりするような人間にならずにすみます。

『あなたの中の秘密のあなた』（エッセイ）

†

何ごとにもこれがただ一つ、絶対なものだと執着するな、それにこだわるなということです。いかに正しいこともそれを限界をこえて絶対化すると悪になる。また逆に悪くみえることも限界内では善い部分がある。民主主義は正しい考えかもしれぬ。しかし、それを絶対化しすぎると民主主義ならざる国に原子爆弾を落とすような悪をうむ。

一方、封建主義は今の人の眼からみると悪かもしれぬが、すべてが悪いのではなく、そのなかにはまた善い部分だってあった筈だ。だから、それを絶対的な悪とみなすのは間違っている。

『イエスに邂った女たち』（エッセイ）

†

言論の自由はあっても、言論の無効さがあたりまえのことになれば、それは、それはやはり重大な問題である。どんな善意も効果がなければ無意味である。

『春は馬車に乗って』（エッセイ）

†

私が考えたのは……仏教のいう善悪不二でして、人間のやる所業には絶対に正しいと言えることはない。逆にどんな悪行にも救いの種がひそんでいる。何ごとも善と悪とが背中あわせになっていて、それを刀で割ったように分けてはならぬ。分別してはならぬ。耐えられぬ飢えに負けて、人の肉を同じように口に入れてしもうた私の戦友は、それに圧し潰されたが、ガストンさんはそんな地獄世界にも神の愛を見つけられる、と話してくれました。偉そうな事を申しますが、戦友が死んでから私はね、このことを噛みしめ、噛みしめ、生きてきました。

『深い河』（小説）

†

正と不正とをはっきり区別し、善と悪とを明確に区別するのが、少年時代から受けた基督教的人間の教育だった。もちろん長じて文学をやるようになってから、私は軽々しくこれが正しく、これが間違っているなどと人間の心や行為を裁くことを避けるようになったが、しかしそれでも頭のなかには区別の気持ちがいつも働いていた。

それはものごとを二つにわけて考える発想法でもあった。プラスの反対はマイナス、善にあらずんば悪、健康でないのは病気、老いと若さとは対立するというように、すべてを二つにわける考えかたが長いあいだ私の頭に頑固にこびりついていたような気がする。そしてこの二分法をこの頭に一番つよく吹きこんだのはおそらく古い基督教の教育であろう。

しかし、小説を書き進めるうちに、このようにものごとをあまりにもはっきりと二つにわけて考える考えかたに重圧を感じ嫌悪をおぼえるようになった。それはおそらく私が人間の心の底にある無意識の力に気づきはじめたからであろう。

私たちが正しいと思ってやった行為が、実は他人を苦しめていることはよくあるものだ。母の愛の行為が、子供を逆に不幸にしている場合も社会には多い。それらすべては我々人間が自らの意識にばかり気をとられ、意識を操っている無意識の動きについて無知であるために起こった結果である。

『心の夜想曲』（エッセイ）

†

小説家として私は人間を探っているうちに、人間と人生とのどんなものも無駄ではないことをますます肯《うべな》うようになっている。我々の人生に起きるどんな些細《ささい》な出来事も実はひそかに糸につながれ、ひそかに深い意味を持ち、人生全体という織物を織っているのだ。善だけが意味があるのではない。善ならざるものも、その織物には欠くべからざる要素であり、そしてその織物全体が何かを求め、何かを欲しているのだ。それを知っただけでも小説家としては果報だったと思っている。

『心の夜想曲』（エッセイ）

†

この年齢になると、なぜか「善魔」という二文字がしきりに頭にうかぶ。

善魔などという言葉はもちろん字引にはない。がしかしそれに対応する悪魔という言葉はもちろんある。

私は悪をやることも実にムツかしいが、逆に善をやるのもかなりムツかしいと考えるようになった。私のような小人物には大悪をやるには努力と勇気がいるものだから、さいわい今日まで小悪はつみかさねても大悪に手を出し自分の人生を目茶苦茶にしなくてすんだ。小心、臆病《おくびょう》もやはり役に立ったわけである。

しかし逆に善いこととなると、これは意外と努力なしに感情だけでやれるものだ。しかし感情に突きうごかされて行った愛なり善なりは（正確にいうと自分では愛であり善いことだと思っている行為が）、相手にどういう影響を与えているか考えないことが多い。

ひょっとするとこちらの善や愛が相手には非常な重荷になっている場合だって多いのであ

る。向うにとっては有難迷惑な時だって多いのである。

それなのに、当人はそれに気づかず、自分の愛や善の感情におぼれ、眼《まなこ》くらんで自己満足をしているのだ。

こういう人のことを善魔という。そしてかく言う私も自分がこの善魔であって他人を知らずに傷つけていた経験を過去にいくつでも持っている。

その苦い体験を今かみしめてみると、やはり原因は二つある。ひとつは相手の心情に細かい思いをいたさなかったこと、もうひとつは自己満足のあまりに行き過ぎてしまったことである。

だから過ぎたるは及ばざるがごとし、とは名言である。『生き上手　死に上手』（エッセイ）

人は、弱さをまぎらわすために罪を犯す

我々は罪を犯したいから罪を犯すのではない。心の弱さ、孤独の寂しさ、人生の悲哀をまぎらわすため罪を犯すのです。そうした人間のかなしさをキリストはだれよりも知っていた。だからキリストはペトロに教えられた。「お前は今夜、夜のあけるまでに三度私を否むだろう」この言葉はただ一途に自分の強さに自信をもったペトロへのふかい戒めだったとぼくには思われるのです。ひいてはそれは自分の強さだけではない、自分は正しいんだ、自分は間ちがわない、かたくなにそう自分を信じて、弱い人の弱さ、くるしみ、泪《なみだ》を理解しえないことがどんなに間ちがっているかをキリストは言いたかったのだとぼくは思うのです。

『聖書のなかの女性たち』（エッセイ）

†

些細《ささい》なことがらだから、べつに誰も傷つけることがないだろうと思って採《と》った行為が思いがけず他人《ひと》を傷つける時があるでしょう。また、自分の友人のためにいいことをしようと思

って、一生懸命に努力しているにもかかわらず、自分のしている善意のために、ますます友人が不幸になっていくということもあります。親が子どもをよく育てようと思ったが、子どもはその重荷に耐えかねて自殺した、といった記事は新聞にいくらでも載っているではありませんか。

人間が善意でやろうとしても、どうしようもなく相手を傷つけて、罪を犯してしまうという問題、さらには、自分ではどうにも処理できないような肉体や生理に関する問題、このような、どうしようもないものを原罪というのです。要するに、われわれが人生の中で、いつも苦しむ問題なわけです。

自分が愛や善意で他人に尽くしたことが、かえってその人間を傷つけてしまったという経験がない人は、私はおそらくいないと思います。しかし、そういう自分の善意が、他人を傷つけているということに気づかない人は、じつに多いものです。こういうふうに、知らずに罪を犯すということ、これも原罪です。また、知っているのだけれど、どうにもしようがない。どうしたらいいんでしょうということ、これも原罪です。

業というような問題だけでなく、もっと広義の、そういうものをキリスト教では原罪と呼んでいるのです。原罪が、日本人に親しめないというけれど、生きてる以上、われわれはその問題に絶えず遭遇しているのです。

もう自分ではどうにもしようがない、ということを青春の中で経験しなかったとすれば、その人は、やはり人生とか、原罪とか、神といったものを理解できないのではないかと思います。もしそうでなければ、そういうどうしようもない時、「あぁ、神様」と思わず声が出るわけですし、この経験から〝神はいるのか、いないのか〟という問題が始まるのではないでしょうか。

だいたい、女を棄てたり、女に棄てられたりしなかったような男に、宗教はわかるものか、と私の友人の一人は言いましたが、私はある意味で、これがわかる気もします。

少々、極論にすぎるとお考えになる方もいらっしゃるでしょう。しかし、その一生を、女を棄てもせず、また、女に棄てられもせず過ごした男というのは、生涯、自分が他人を傷つけたという問題を感じない、と私は思うからなのです。

『私のイエス』（エッセイ）

†

矛盾や自家撞着のぎりぎりまで思い知らされた時、人は思わず自分の非力と無力とを悟り「仏よ、神よ、何とかしてください」と叫ぶのであろう。一遍上人や親鸞《しんらん》上人のような他律宗教のことを考える時、私は同時に人間の心の自家撞着を連想してしまう。

『生き上手　死に上手』（エッセイ）

†

本当に大事な大事な出来事なら我々は決してそれを他人にざんげなどしない。ざんげするのは神さまにたいしてだけでたくさんです。充分です。本当の色ざんげと言うのは神とその人とだけが知っている秘密であるべきだ。

『その夜のコニャック』（エッセイ）

†

浪費の感情の中にはいろいろな理由があるが、その最も主なものの一つには「自分にたいする自信のなさ」があるのではないか。

『ぐうたら生活入門』（エッセイ）

†

多かれ、少なかれ、集団や組織は改革や更新を実行するためには全員の代りに一人もしくは少数の「生贄の仔羊」を作っている。そしてすべての罪をその一人もしくは少数の者になすりつけることで、大多数の人間の良心を鎮めるのである。

『狐狸庵閑談』（エッセイ）

罪とは再生へのひそかな願いである

絶望の罪というのは、自分が何か罪を犯したと思い、自分の救いにまったく絶望してしまうということで、これこそ罪の中で最大の罪だ。

『私のイエス』(エッセイ)

†

われわれが無意識のうちに、あるいは善意で、あるいは自分の弱さや卑怯《ひきよう》さのために、他人の人生を歪めてしまうようなことがある時、おそらく、それは罪と呼ぶに値《あたい》する行為だろう。

『私のイエス』(エッセイ)

†

「ぼくはここの人たちのように善と悪とを、あまりにはっきり区別できません。善のなかにも悪がひそみ、悪のなかにも良いことが潜在していると思います。だからこそ神は手品を使えるんです。ぼくの罪さえ活用して、救いに向けてくださった」

『深い河』(小説)

†

この年齢になれば自分がたどった道を更に深く進むか、自分の知った世界を守りつづけるのが普通だろうが、それをゆさぶれという声のようなものを私は心の奥に感じはじめたのだ。それは一言でいうと、私が罪のほかに悪があると感じだしたからである。罪と悪とはちがうと思いはじめたからである。罪は救いの可能性を持っているが、悪は罪とちがい、ひたすら堕《お》ちること、どこまでも堕ちること——そういう欲求だとわかってきたからである。

『心の夜想曲』(エッセイ)

†

否定しようとする自己もあなたの弱さである。悪もあなたを形成している重要な要素だ。

『ほんとうの私を求めて』(エッセイ)

†

私は罪と悪とは別のものだと考えるようになった。罪が社会的自己以外の埋もれた自己の主張であり、したがって社会のなかでいきづまった自己の再生を主張することならば、悪はまったく別のものである。

罪が再生の意志を表現するにたいして、悪は自己破壊の衝動である。その自己破壊の本能が人間の無意識のなかにひそんでいることは、フロイトが「快感原則の彼岸」で書いている。我々のなかには生命発生以前のあの無生物の状態にふたたび回帰しようとする欲望があるのだ。たとえばその欲望が性のなかに出現する時、マゾヒズムの喜悦となるのだろう。そこには再生の希望や救いの欲求などはまったくなく、ただ永遠に無感動と無感覚の状態に戻ろうとする虚無への願いがある。それを私は罪とはまったく違う悪とよんでいる。

『春は馬車に乗って』（エッセイ）

†

神父さん、人間の業《ごう》とか罪とかはあなたたちの教会の告解室ですまされるように簡単にきめたり、分類したりできるものではないのではありませんか。『白い人・黄色い人』（小説）

†

キニーネを飲むと健康時は高熱を発しますが、これはマラリヤの患者にはなくてはならぬ薬と変ります。罪とはそのキニーネのようなものだとぼくは思っています。

『深い河』（小説）

†

「罪」とは「再生のひそかな願い」だ。

『心の夜想曲』（エッセイ）

†

我々は社会生活を維持するためにはいろいろな欲望や感情を抑えこむ。それは我々が半分しか自分を生かしていないということである。社会生活は「外づら」の我々だけを認め、それにそむくような、もうひとつの我々が出現することを禁じるのだ。

だから、もうひとつの我々がそれにたまりかねて烈《はげ》しく自己主張することが罪となるのだが、しかしこの罪は「外づら」だけでは我慢できない我々の再生の意志のあらわれとも言える。

従来の基督教がながい間、無価値であり不毛なものとしか考えなかった罪に人間の再生の可能性を見つけたのは、基督教文学の功績だと私は考えている。罪と再生、罪と救いとは切り離されたものではなく、背中あわせであり、心理構造では類似していることを基督教文学者はそれぞれの作品でこまかく描いてみせているが、この神秘を五世紀に既に仏教の無意識分析が早くも見通していたことは驚嘆に値する。

『春は馬車に乗って』（エッセイ）

†

我々はおそらく自分でそれを罪悪と認めながら罪を犯すということはあまりない。自分で知りつつ罪悪行為をやる時でも、無意識のなかで自己正当化はたえず行われている。道徳に離反した行為をした時も、自己を正当化する主張が働いている。反社会的行為をした時も自己弁護の言葉は咽喉《のど》まで出かかっている。

『生き上手　死に上手』（エッセイ）

†

人間の中にひそむ悪はいつか消えることができるか。ぼくらのように戦争時代に育った者は平和な時代にやさしく愛想よく善良な人間をもなかなか信ずることはできない。またかつてと同じ状態になれば今日の彼らの人間らしい顔も獣のようにならぬとだれが保証できよう。フランクルの『夜と霧』に出てくる恐ろしいナチ収容所の看守たちが家庭ではモーツァルトを愛する心やさしい父親たちであったことはメルルの有名な小説の中でもはっきりと描写されているのである。

社会や人間の中から悪を消し去り全く死火山にしてしまえるというある種の革命思想はそんな時、ぼくにはなにか余りに楽観的にみえる。人間の原罪は決して革命では消え去らぬからだ。だが、われわれを死火山ではなく休火山の状態にしておくことはできる。たとえば戦争のような極限状態を決してつくりださぬこと、そしてあの捕虜の死体の前で淫猥な微笑をわれわれの顔に浮べさせぬことはどうしてもやらねばならぬだろう。

『よく学び、よく遊び』（エッセイ）

†

「律法がなければ、私は罪を知らなかった。律法が『むさぼるな』と命じなかったなら、私はむさぼりという罪を知らなかっただろう。だがその戒律ゆえに罪は私の心に浮かび、あらゆるむさぼりの心を起させた」（ロマ書、七ノ七〜八）

烈しい男ポーロにとってはこれは心からの告白だったにちがいない。律法は彼を無垢《むく》な世界にはつれ戻してくれなかった。逆にその戒律によって罪の匂い、罪の名を次々に教え彼を苦しめるにすぎなかったのだ。そこに律法の限界があった。

何と人間は辛いものだろうとポーロは心底から人間の業《ごう》を訴えているようである。我々が誰かのために善きことを行おうとする。だがその善いと思ったことが、実は自分の独善であり、相手を深く傷つけていることに気がつかない。誰かを救おうとして、それが相手を悲惨にしていることがわからない。我々が人生で味わうこの辛さを律法や戒律のなかにこめてポーロは律法の限界を主張する。

「すなわち、私の欲している善はしないで、欲していない悪を行なっているのだ」(ロマ書、七ノ一九〜二四)

『キリストの誕生』(小説)

†

暴力は必ずしも肉体的なものとは限らない。言葉による暴力というものもあるはずである。肉体的暴力がいけないのは、それが相手の人格を全く無視した行為だからだが、言葉によって相手の人格を無視した時は、それは暴力にならないのか。『お茶を飲みながら』(エッセイ)

†

われわれは相手に関心があるから、憎むのではないでしょうか。関心のないものを憎んだりはしません。もし慈悲の場合には憎しみがないというならば、慈悲の対立は何かというと、無関心ということになります。無関心と慈悲心という対立がそこにあるのではないでしょうか。人の苦しみに無関心なものは、恐らくよほどのことがない限り、無関心でずうっといつづけます。なぜなら、それは自分が傷つかないからです。

人の死や人の苦しみに無感動であり得る者は、病院の中などにはたくさんいますが、その人は、よほどのことがない限り、何かが起こらない限り、生涯、人の苦しみに無感動かもしれません。無関心かもしれません。

それは、人間に対して興味がないからです。執着がないからです。憎しみは、執着があるから、相手を憎むのではないでしょうか。裏切った恋人を憎む感情を考えてください。執着があればこそ憎しみが成立するのです。

『私にとって神とは』（エッセイ）

†

必ずしも憎しみや忠誠のためだけでなく、ときには「快楽」のために、人は残酷な行為に走ることもある。

『あなたの中の秘密のあなた』（エッセイ）

†

我々の心のどこかに、戦後の戦争裁判によって戦争責任や戦争の罪の問題は既に処理され解決がついたという安易な気持はひそんでいなかったか。また平和運動や民主主義を行うことによって凡《すべ》ては償われるのだという感情はなかっただろうか。だが、戦争で殺された人々の苦悩は償われぬのである。

最近上梓《じょうし》されたフランクルの『夜と霧』の巻末写真の一枚でも眺めるなら、我々の心にはこれら収容所で虐殺された人、南の孤島で今日も屍《しかばね》を曝《さら》している死者たちの受けた傷、流した涙を何によって償ってよいか、わからないのである。戦争責任の問題はたんに政治的、社会的面で処理したらスムと思うのは間違いだ。もっと深いものを要求しているのだ。

『春は馬車に乗って』（エッセイ）

正しいことが絶対ではない

正しいことをやっていることで、すべてが許されたりしないのです。
正しいことは絶対的なのではありません。
愛は絶対である、という錯覚に捕らわれてはいけません。
愛が絶対なのは神様だけであって、愛が人を傷つける場合もあるのです。
社会正義がすべてではないのです。
社会正義のために、たくさんの人が傷つく場合もあるのです。

『あなたの中の秘密のあなた』（エッセイ）

†

自分がいつも正しい、正義漢だと思っている人というのも、知《し》らず識《し》らずに傲慢《ごうまん》という罪を犯していると思います。
なぜかというと、自分が正しいという気持ちは、かならず他人を裁こうとします。つまり、人を裁こうとする気持ちというのは、自分が裁く相手の心の悲しみとか寂しさということが、よくわかっていないことなのです。

『私のイエス』（エッセイ）

†

「人には言えぬ秘密」を心に持った者はそれを噛みしめ、噛みしめ、噛みしめるべきである。そうすれば本当の自分の姿もおぼろげながら見えてくるだろうし、その本当の自分の姿から生き方の指針が発見されるだろう。

だから、むしろその秘密に我々は感謝してよいのだ。そしてそれを噛みしめることで、少なくとも我々はこの世のなかの最もイヤな偽善者――いつも自分を正しき者として他の人を裁く偽善的道徳漢にならずにすむのである。

『生き上手　死に上手』（エッセイ）

†

群集心理というのは、時として我々の眼を盲目にする。特に正義という錦の御旗をかかげた時の群集心理は、一人一人の人間の理性を曇らせる場合がよくある。私のような戦中派の世代は、その症例を戦争中にも戦後にもイヤになるほど味わわさせられた。

スタインベックの小説には、黒人をリンチにする白人の群集心理がみごとに描かれていることがよくある。この群集心理を分析すると次のようになる。

一、自分たちがその黒人によって傷つけられたという怒りが起る。

二、その黒人に仕返しをするのは正しいことだと皆が言っている。

三、たくさんの人間が言っているのだから、それは正しいことにちがいないと考える。
四、正しいことなら何をしてもいいと思うようになる。(リンチの肯定である)
五、リンチにむかう自分の残酷な快感と正義感とがいっしょになる。
スタインベックの小説に描かれたこの群集心理は、なにも米国社会に特有なものではない。戦争中も戦後も、我々はみんなが叫んでいるから正しいと錯覚したことが何度もあった筈だ。そして戦争のにがい体験が私たちに教えてくれた教訓の一つは、たくさんの人間が正しいと言っていることは必ずしも正しいとは限らぬということだった。

『足のむくまま気のむくまま』(エッセイ)

†

一人よがりの正義感や独善主義のもつこの暗さと不幸は今日、私たちの周りで、さまざまな形で見つけられる。我々はそのような人を善魔とよぶ。時には善魔たちが私たちに与える迷惑や傷は、それが大義名分の旗じるしで行われるだけに、ほかの迷惑や傷より大きく、深い場合さえある。彼らはいつも正義の旗じるしをかかげる。そしてそれに少しでも従わぬ者や、自分にくみしない者を悪の協力者と見なしてしまうのである。
こうした善魔の特徴は二つある。ひとつは自分以外の世界をみとめないことである。自分以外の人間の悲しみや辛《つら》さがわからないことである。

『よく学び、よく遊び』(エッセイ)

†

善魔のもうひとつの特徴は他人を裁くことである。裁くという行為には自分を正しいとし、相手を悪とみなす心理が働いている。この心理の不潔さは自分にもまた弱さやあやまちがあることに一向に気づかぬ点であろう。自分以外の世界をみとめぬこと、自分の主義にあわぬ者を軽蔑《けいべつ》し、裁くというのが現代の善魔たちなのだ。彼らはそのために、自分たちの目ざす「善」から少しずつはずれていく。自分自身でも意識しないうちに、彼らは他人から支持される善き人ではなく、他人を傷つけ、時には不幸にさえする善魔になっていくのである。

『よく学び、よく遊び』（エッセイ）

†

私たちの心の無意識には「してはならぬ」と思っていること、「みせてはならぬ」と思っていることがあまた溜っている。

『ほんとうの私を求めて』（エッセイ）

†

「してはならぬこと」「みせてはならぬこと」だと考えているあなたの部分は実はあなたの潜在的な慾望であることが多いのです。マジメな人妻と自認しているあなたはおそらく、夫以外の男性に興味や関心を示すことを「してはならぬこと」「みせてはならぬこと」だと考えているわけですが、それは実はあなたの慾望にほかならないのではないでしょうか。

『ほんとうの私を求めて』（エッセイ）

［愛・結婚・夫婦・恋］

愛するとは〝棄てない〟こと

愛するとは〝棄てない〟こと

愛情は情熱とは違って、激しく燃え上がる炎ではなく、持続するトロ火のようなものだということと、そのトロ火のような火を保ち続けるためには、やはり知恵と技術が必要である。

『あなたの中の秘密のあなた』（エッセイ）

†

愛情というのは、きれいでなくとも、あるいはきれいなものが醜くなっても、魅力的なものが魅力的でなくなっても、決してそれを捨てないでいる、ということです。

『あなたの中の秘密のあなた』（エッセイ）

†

きれいなものに心惹《ひ》かれるという感情、これは情熱です。

しかし、愛というのは〝棄てない〟ということではないでしょうか。自らの選んだ女や、自らの生きている人生を途中で棄てるような人は、私はやはり愛がないと考えるのです。

『私のイエス』（エッセイ）

†

愛の第一原則は「捨てぬこと」です。人生が愉快で楽しいなら、人生には愛はいりません。人生が辛《つら》くみにくいからこそ、人生を捨てずにこれを生きようとするのが人生への愛です。だから自殺は愛の欠如だと言えます。

男女間の愛でも同じです。相手への美化が消え、情熱がうせた状態で、しかも相手を「捨てぬ」ことが愛のはじまりです。相手の美点だけでなく、欠点やイヤな面をふくめて本当の姿を見きわめ、しかもその本当の彼を捨てぬのが愛のはじまりです。

恋なんて誰でもできるもの、愛こそ創《つく》りだすもの、と憶《おぼ》えておいてください。

『生き上手　死に上手』（エッセイ）

†

愛するということは美化された相手を愛することではありません。相手を一人の男性として彼の強さも、弱さも愛することであります。

『恋することと愛すること』（エッセイ）

†

愛は情熱より華やかではないが、その静かさと忍耐と二人の男女が生の苦しみと悦びとをひそかに分けあううちに生れてくる創造的な行為なのです。

『恋することと愛すること』（エッセイ）

愛することは、貴方だけの決意と、貴方だけの意志と、貴方だけの努力によって少しずつ創られていくものなのです。

『恋することと愛すること』(エッセイ)

†

男性というものは、どんなに相手を愛していても、相手の全てを余りに早く知りすぎると、ある幻滅と失望とを感ずるようにできている存在なのです。そしてまた、余りに相手から愛されすぎると、その愛を逆に重荷に感じるものであります。

『恋することと愛すること』(エッセイ)

†

愛すること——それは恋のように容易《やさ》しいことではない。「愛すること」には恋のように烈しい炎の華やかさも彩りもないのです。その代りに長い燃えつきない火をまもるため、決意と忍耐と意志とが必要なのです。

『恋することと愛すること』(エッセイ)

†

人間の愛とは矛盾に充ちたもの。安定は情熱を殺し不安は情熱をかきたてる。

『恋することと愛すること』(エッセイ)

†

私は率直にいうと「純愛」などは本当の愛ではないと考えている一人である。それができれば素晴らしいだろうが、逆にうすよごれうすぎたない愛情生活にこそ価値があるのだと思っている。うすぎたない日常生活のなかに、生活のうすぎたなさのなかに、何とか意味を発見したいと欲している一人だ。

『心の航海図』（エッセイ）

†

まこと、愛の世界は深い森に似ています。恋愛とは結局、貴方たちの一人、一人が自分の力だけで歩いていかねばならぬ一本の細い綱のようなものです。右の爪先に力を入れすぎると足をふみすべらす。左の爪先に力を入れすぎても重心を失う。そのように危険きわまりない綱の上を貴方たちは渡らねばなりません。誰も貴方を最後まで助けることはできない。つめたい言い方ですが、それはどうにもならぬものです。なぜなら貴方の愛は貴方の運命ですし、貴方の運命は他人の知恵や忠告では結局どうにもならぬものだからです。それは結局、自分がくるしみ、傷つき、その体験から自分の知恵を創りだすより仕方のないものだからです。

『恋することと愛すること』（エッセイ）

†

愛というのは、二人が会えた、くっついた後の問題だろう。くっついた後の倦怠に耐え、苦痛に耐えうるようなものだろう。情熱が死んだ後、どう生きるか、何をみつけるかが問題じゃないのかなァ。

『ぐうたら社会学』（エッセイ）

†

一人の女を愛して生涯、彼女との約束を守るというのはまことに困難である。それは孤独な高い山を登るのによく似ている。なぜなら、女性というのはいつまでも情熱の対象になるだけの魅力や美しさを持っていないからだ。初めは美点にみえたものが、やがては鼻につく短所と変り、初めは美しく思えたものも、やがて色あせ、醜《みにく》くなる。

しかし美しいもの、魅力あるものに心ひかれるのなら何の忍耐も努力もいらん。青春に自分がえらんだ娘が美しく魅力ある時、それに惹きつけられるのは馬鹿でも阿呆でもできることなのだ。歳月がながれ彼女たちがやがて色あせ、その欠点や醜さを君に見せる時になっても、それをなお大事にすることは誰でもできることではない。そして愛とは美しいもの、魅力あるものに心ひかれることではないのである。外面的美しさが消え、魅力があせても、それを大事にすることなのだ。

『愛情セミナー』（エッセイ）

†

「ぼくの愛を信じてくれ」

と君が彼女に言った時、君はその女性と――いや、君の人生と契約を結んだのである。それはその愛をどんな苦しいことがあっても棄てないという契約にほかならぬ。

『愛情セミナー』（エッセイ）

†

愛とはピッタリ合わぬ男女が、それでも手を離さぬ努力である。

†

目だたぬが真に男らしい行為とは自分が伴侶者とえらんだ女性がいかに色あせ、醜くなっても、なおこれを愛しつづけることである。

『愛情セミナー』（エッセイ）

†

愛とは抽象的な理屈や思想で数学のように割り切れるものではないです。愛というものはもともと矛盾や謎にみちたものであり、この矛盾や謎がなければひょっとすると、愛もなくなるかも知れないからです。

『恋することと愛すること』（エッセイ）

愛徳とは、忍耐と努力の行為である

私は愛徳とは、一時のみじめな者にたいする感傷や憐憫ではなく、忍耐と努力の行為だと生意気なことを申しましたが、ミッちゃんには私たちのように、こうした努力や忍耐を必要としないほど、苦しむ人々にすぐ自分を合わせられるのでした。いいえ、ミッちゃんの愛徳に、努力や忍耐がなかったと言うのではありません。彼女の場合には、愛徳の行為にわざとらしさが少しも見えなかったのです。

私は時々、我が身と、ミッちゃんをひきくらべて反省することがありました。「汝、幼児《おさなご》のごとく非《あらず》んば」という聖書の言葉がどういう意味か、私にもわかります。『伊豆の山々、日がくれて』という流行歌が好きで、石浜朗の写真を、自分の小さな部屋の壁にはりつけている平凡な娘、そんなミッちゃんであればこそなお、神はいっそう愛し給うのではないかと思ったのです。

あなたは神というものを、信じていらっしゃるか、どうか知りませんが、私たちの信じている神は、だれよりも幼児のようになることを命じられました。単純に、素直に幸福を悦ぶこと、単純に、素直に悲しみに泣くこと、——そして単純に、素直に愛の行為ができる人、それを幼児のごときと言うのでしょう。

『わたしが・棄てた・女』(小説)

†

風がミツの眼にゴミを入れる。風がミツの心を吹きぬける。それはミツではない別の声を運んでくる。赤坊の泣声。駄々をこねる男の子。それを叱る母の声。吉岡さんと行った渋谷の旅館、湿った布団、坂道をだるそうに登る女。雨。それらの人間の人生を悲しそうにじっと眺めている一つのくたびれた顔がミツに囁くのだ。

(ねえ。引きかえしてくれないか……お前が持っているそのお金が、あの子と母親とを助けるんだよ。)

(でも。)とミツは一生懸命、その声に抗《あらが》う。(でも、あたしは毎晩、働いたんだもん。一生懸命、働いたんだもん。)

(わかってるよ。)と悲しそうに言う。(わかっている。わたしはお前がどんなにカーディガンがほしいか、どんなに働いたかもみんな知ってるよ。だからそのお前にたのむのだ。カーディガンのかわりに、あの子と母親とにお前がその千円を使ってくれるようにたのむのだよ。)(イヤだなア。だってこれは田口さんの責任でしょ。)(責任なんかより、もっと大切なことがあるよ。この人生で必要なのはお前の悲しみを他人の悲しみに結びあわすことなのだ。

そしてわたしの十字架はそのためにある。)

その最後の声の意味をミツはよくわからない。だが、風にふかれた子供の口もとに赤くれていたデキモノが、彼女の胸をしめつけてくる。だれかが不倖せなのは悲しい。地上の誰かが辛がっているのは悲しい。だんだんと彼女にはあのデキモノが我慢できなくなってくる。風がミツの眼にゴミを入れる。風がミツの心を吹きぬける。その眼をふきながら、彼女は、引きかえす。

『わたしが・棄てた・女』(小説)

†

「神父さん。俺は天国は信じんが、地獄のほうは信じるぜ。この収容所が地獄だ」

「まだここは地獄じゃない。地獄とは……ヘンリック、愛がまったくなくなってしまった場所だよ。しかしここには愛はまだなくなっていない」

「愛がなくなっていない?」とヘンリックは憤然として、「どうして、そんなことが言える」

「昨日、私は一人の囚人がもう一人の体の弱った囚人に、自分のパンを半分わけているのを見た。一日たった一つしかもらえぬあのパンをだよ」

「信じられない」とヘンリックは首をふった。「そんなことはこの収容所でありっこない」

「いや。それがあったんだ。私はそれを見て人間がまだ信じられると思った。人間はどんな時にでも自由が残されていると思って、自分が恥ずかしくなった。あの人は弱った仲間の前で自分のパンを全部たべて当然だったんだ。それなのにあの人は与えたんだね。どんな、ひどい状況や事情のなかでも――人間は愛の行為をやれるんだね。私はそう思ったよ」

「俺に……なぜそんな話をするんだ」

とあとずさりをしながらヘンリックは神父をにらんだ。

「あんたが人間を信ずるのは勝手だ。だが俺はここでは他人は信じない。信じれば、いつやられるかわからない。あんたがその立派な男をみて、自分のパンをくたばりかけた野郎にやるならやるがいい。しかし誰も感心しないぜ。お前のことを偽善者のセンチな甘い馬鹿野郎だと言うだろう。愛なんてやさしいものさ。俺だって何人の女に愛を口にしたかわかりゃしない」

「ヘンリック、しかし愛はたやすくないのだよ」

コルベ神父は悲しそうな眼をした。

†

ヘンリックは生きのびていた。エゴイズムと生存の智慧《ちえ》とを使いわけて、彼は衰弱死していく仲間のなかで生き残っていた。ちょうど秋にあらかたの虫が息たえても、まだ動いている生命力のある虫のように……。

（俺はどんなことがあってもここでは死なん）

彼は毎日、自分にそう言いきかせた。言いきかせることで自分の力を燃やそうとしていた。


『女の一生　二部・サチ子の場合』（小説）

そんな頃、彼と寝台を共にしている男が目だって衰えてきた。顔に白い粉のようなものが吹き出て、皮膚がカサカサになり、腹だけが奇妙にふくらんでくる。栄養失調で死ぬ一歩手前であることはもうヘンリックたちにわかっていた。

やがて彼は作業中、よろめき、貧血を起し倒れるようになった。カポーが撲り、蹴り、立たせた。ヘンリックはそのあわれな姿をシャベルを動かしながら見ていた。

（あの男に、君のパンをやってくれないか）

この時、突然、彼の耳に思いがけぬひとつの声がきこえた。ひくい囁《ささや》くようなその声は聞きおぼえがあった。コルベ神父の声だった。

（あの男は死ぬかもしれぬ。君のパンをやってくれないか）

ヘンリックは首をふった。今日あてがわれたたった一つのパンを他人にやれば、倒れるのは自分だった。

（俺はいやだ）

（あの男は死ぬかもしれぬ。だから死ぬ前にあの男がせめて愛を知って死んでほしいのだ）

哀願するようなコルベ神父の声。ヘンリックはその時、八月の夕暮れ、身がわりになるために列外にのろのろと進み出た神父の猫背を思いだした。

ヘンリックはパンをその男にやった。男は眼にいっぱい泪《なみだ》をためて「ああ、信じられない」とつぶやいた。ヘンリックができた愛の行為はこれだけだった。それでもヘンリックは

『女の一生　二部・サチ子の場合』（小説）

女性は男とちがって常に生活よりも人生を大切にするようです。男が関心のあるのは人生よりも運命だとある詩人が言いましたが、あながち、それは嘘《うそ》ではありません。だから生活のなかでは女は男よりも下手で息ぐるしい感じを心の底に持っている。女性たちはこの色あせた生活から人生に脱出できる切っ掛けをいつもいつも待っている。それは別に恋愛でなくてもいい。人生を感じさせる仕事や宗教でもいい。心の飢えがみたされる何かを待っている。

そして殺し文句は何らかの形で人生を感じさせますから、彼女もそれに呼応してしまうのでしょう。

そして殺し文句にひっかかった女は――その日からこの言葉をひとつの消えぬ夢として生きていくようです。しかし大半の男にとって殺し文句はその場限りのものにすぎませんから、彼女が自分のものになった瞬間から、それは彼にとってあまり意味のない約束になってしまうようです。

こういう事を書いたのは、私は知人の男女がこのような過程をへて一緒になり、そして心のすれ違いをふたたび感じて別れていくのをあまりに数多く見たからです。

『ほんとうの私を求めて』（エッセイ）

†

愛を行った。

女とは自分でも自分がよくつかめないほどに混沌としているのですが、男は本来、この混沌に形を与えようと懸命になるのです。

女は混沌のなかに生き、男はその混沌に耐えられず、なんとか形をつけよう、形を与えようとするのが、男女の基本的な関係だと私は思っています。

『ほんとうの私を求めて』(エッセイ)

†

愛欲は相手の自由をうばい、自分も深く傷つける。しかし愛はその逆になる。

『イエスに邂った女たち』(エッセイ)

†

愛というものは二人の男女の幸福や結合を求めながら、むしろ不安によって、苦しみによって、疑惑によって燃えあがるという矛盾を持っているのです。

勿論、誤解のないように申しあげておきましょう。愛が「燃えあがる」ということと、愛が「高まる」ということとは別なことです。けれども、こうした愛の矛盾と謎、つまり人間の愛の持つ、どうにもならぬ悲しさに眼をつぶって、ぼく等は高い愛を説くわけにはいきません。悲しいことであり、苦しいことですが、この愛の暗さを直視して、恋愛の知恵は少しずつ、創りだされるものなのです。

『恋することと愛すること』(エッセイ)

愛とは選択や決意ではなく、持続だ。†

『愛情セミナー』（エッセイ）

ピンチは夫婦の絆を強くするチャンス

女房を部下や後輩の前で威張らしたりゾンザイな口のきき方をさせておくのは、亭主のほうにも非があることはたしかだ。たしかだが、しかし聡明な妻というものは、自分が何者であるかをよく知っていて、けっしてその分《ぶん》を越さぬようにすべきだと思う。結局、笑われるのは御当人であり、またその亭主でもあるのだから。　『ぐうたら社会学』（エッセイ）

†

本当の夫婦愛とは「女房に持ってみればみな夢」からはじまるのではないか。表面的な美しさや魅力のメッキがはげて、当人の欠点やアラがわかってきたところから夫婦愛ははじまるのだ。夫らが「女房に持ってみればみな夢」ならば、女房のほうは「亭主に持ってみればみな夢」である。お互いさまというところだ。

そして本当の夫婦とはこの夢が破れたところに情味、情愛を感じ、それをスルメのように嚙みしめてできるものではないか。　『生き上手　死に上手』（エッセイ）

あなたがいま、倦怠期ならば、胸によく手を当てて考えて下さい。恋人時代や新婚時代のように、女の要素を自分の夫に見せているでしょうか。あなたの中に、もう大丈夫だという安心感、つまり永久就職ができてしまったという安心感がありませんか。妻の要素、母の要素が女の要素を消してはいないでしょうか。もう一度初心に返ることが必要です。

『あなたの中の秘密のあなた』（エッセイ）

†

倦怠期が襲ってくるときは、夫は、恐らく一番仕事が忙しくなる年齢にさしかかっていると考えられます。もしあなたの亭主がしっかりした働き者であるならば、結婚後四、五年（ちょうど倦怠期の訪れるころ）で、会社の仕事が多忙になり始めています。

その時期に倦怠期がぶつかるわけです。

かつての新入社員のころのように、自由な時間を持てなくなります。ある意味でサンドウイッチです。後輩や上司の間にはさまって、前より神経を使わなくてはならず、また、責任も大きくなっています。

そういう情況の中で我家へ帰ってきます。

ズタズタの神経に、妻の愚痴や誰かの悪口、生活の苦しさを訴えられてごらんなさい。よほど強靭な神経の持ち主でない限り、いやだと思うのは当然でしょう。

もしも、あなたが逆の立場だったら、そういうしめっぽい話を聞いて喜ぶでしょうか。みだしなみもすっかり忘れてしまった自分の妻を見て、家庭に帰った喜びがあるでしょうか。夫の仕事が忙しくなる、というタイミングをキャッチし、そして、それにどう対すれば良いかを考えられる妻は、賢い妻です。でも、大抵の妻は、このタイミングをキャッチしません。そのために起こった悲劇というのを、わたしはいくつか見てきました。

『あなたの中の秘密のあなた』（エッセイ）

†

おれたちは、なかなか父親になれないんだよ。なかなか夫になれないんだよ。女の悪いところは、結婚して、わたしはこんなに、すぐ妻になりました、だからあなたも夫になって下さい、わたしは母親になりました、あなたも父親になって下さい、と無言で要求してくるだろう。

しかし、男の中の父、夫、男という三要素でいえば、こっちはいつまで経っても男が第一要素よ。その次に父だ。最後にちょびっと夫だよ。ところが女は違う。最初に母親、次に妻、それから女だよ。だから結婚生活というのは、ここのところをどう調和させていくか、というのがむつかしいんじゃないの。

男がよき夫、よき父親になろうとすれば、その瞬間、自分を失うだろ。失ってもいいと思えば、それでいいんだけどね。でもね、だます、ということがあるんだよ。浮気とかヘソクりのことじゃなく、このバランスをだますんだよ。むこうの母性愛に対して、こっちがこどもになったりしてね。女房と真剣に向かいあわなければならんときは、そうするよ。それが済んだら元へ戻ればいいんだ。自分の部屋のカギ、ぱたっと閉めて己に戻ればいいんだよ。それは生活の知恵じゃないな、やっぱり人間に対するやさしさの問題だよ。なア。やさしさだなア。『ぐうたら社会学』（エッセイ）

†

離婚を防止する一番良い方法は、いろいろな形で連帯感を作っておくことです。わたしはそういう意味で、夫婦共通の趣味を持つことを勧めます。

一緒に何かをして楽しかったという思い出をたくさんこしらえてください。

と同時に一緒に苦労をして何かを乗り越えたという思い出も、たくさん作っておくことです。

夫が事業や仕事でピンチに立ったとき、そのときこそあなたは両手をあげて万歳というべきです。

夫がピンチに立ったとき、あなたと主人を結ぶきずなは強くなるのです。その夫のピンチに対して、あなたがどれだけ力を尽くしたかということは、後々まで夫の心に残るでしょう。

これほど離婚を防ぐ、いい方法はありません。

夫が病気になったとき、（もちろん重病でなく）あなたは万歳というべきです。

あなたの懸命な看病が、後になってあなたに対する連帯感を呼び覚ますでしょう。家庭に不幸せが来たとき、あなたと夫のきずなを強化するチャンスがきたと考えましょう。これとは逆に、家庭生活が余りに波乱なく幸福だと、それだけ離婚の危機は起こっていると考えていいのです。

『あなたの中の秘密のあなた』（エッセイ）

†

結婚生活だって同じことです。男性は、悪の要素、不潔な要素がまったくなくなってしまって、まるで消毒液のような匂いのする妻に満足するとはかぎらないのです。

したがって、

一、浮気というものを、道徳の面から考えてはいけません。あなたたちの心理的な面から考察しなければならないのです。

二、あなたが彼のために一生懸命にやってあげていることが、彼の心理的圧迫になっていないかどうかを考えてください。

三、あなたが良妻であるように努力することが、漂白されたシーツのような女にあなたを仕立ててはいないか、を考えてください。

四、あなたが彼を構いすぎていなかったかどうかを考えてください。

男性というものは、限定されたり、拘束されたりすることを最終的には嫌うのです。一年め二年めは、あなたが愛情を示すことは嬉しいのですが、だんだん鼻につき始めるの

です。（男のわがままやエゴイズムととらないでください）
そんな身勝手な、という言いかたもやめてください。というのは、心理的な問題であって、道徳的な問題ではないからです。
『あなたの中の秘密のあなた』（エッセイ）

†

相手を完全に知ってはいないからこそ、また、相手からもわかってはもらえないからこそ、夫婦というのは相手に対する好奇心がいつまでも尽きない、と言えるのです。また、それによって倦怠期が救えるということがおわかりでしょうか。

彼を味わえば味わうほど、別の彼が出てくるはずです。

別の彼を味わえば味わうほど、第三の別の彼が出てくるはずです。

だから、結婚生活というのは面白いのです。

『あなたの中の秘密のあなた』（エッセイ）

†

夫婦というのはその長所で支えあっていると同時に、その欠点で支えあっている時が多い。

『愛情セミナー』（エッセイ）

†

男と女とはたがいに相手の欠点、弱点を罵《ののし》りあいながら、その欠点、弱点にもかかわらず、異性なくしては生きられない存在だ。

『愛情セミナー』（エッセイ）

結婚生活を持続する鍵は知恵を働かすこと

結婚生活というものは退屈なものだけれども、それを放棄しないで、抱き締めていくうちに、ある光を放つに違いないと思います。

『あなたの中の秘密のあなた』(エッセイ)

†

女というのはね、まだ婚約してるときは、女だろ。それが結婚したとたん妻ヅラになるんだよ。

『ぐうたら社会学』(エッセイ)

†

結婚生活も同じで、もはや情熱は起きないけれども、努力や忍耐で、情熱が枯れて消えようとしている場所に新しい価値を作ろうとする、新しい関係を作ろうとする、それが愛情なのです。

『あなたの中の秘密のあなた』(エッセイ)

†

結婚生活が退屈だということの理由の一つは、われわれ夫婦間には秘密がない、という前提があることです。とくに新婚時代には、ある種の錯覚によって、お互いがお互いのことを良く理解しあっているという気持ちになってきます。

妻は、世の中で自分のことを一番理解してくれるからこの人と結婚したんだ、と言うでしょうし、夫は、誰よりもこの女を一番理解している、という考えになるでしょう。

秋の澄んだ空のように、二人の間には一点の影もない、というわけです。

そして、影を持つことは、あたかも相手に対する不誠実の証拠であるかのように考えます。

しかし、相手のすべてをわかってしまう、という情況を考えてごらんなさい。

これほど退屈なものはないでしょう。

それはちょうど、あらかじめ犯人のわかってしまった探偵小説を読むようなものです。謎解きの必要もなく、一つ一つの事件に隠されているカラクリもすっかりわかってしまっている。

そんな推理小説を読むバカがこの世にいるでしょうか。それを仕方なしに読んでいても、ページをめくるごとにきっとあくびが出るに違いありません。

結婚生活における退屈さというのは、相手を知り尽くしているという錯覚から始まります。

知り尽くしているという錯覚とはどういうことかというと、恋愛時代、婚約時代にはまだわからなかった相手の裏の生活が素通しになることによってわかってしまう、または肉体の秘密の一つ一つを見てしまう、そういうことから成り立っているのです。

女性の場合はわかってしまったということが、かえって愛情を増すというふうにもなるでしょうが、それは一過性のものであって、やがて倦怠期が始まると、わかってしまったこと、知り尽くしてしまったことが、かえって空虚感や倦怠感を増幅することになるのです。

『あなたの中の秘密のあなた』（エッセイ）

†

①結婚生活に情熱を見つけようとしないこと。
②結婚生活の持っている退屈さを当然のものとして肯定すること。
③この退屈さを知恵と技術によって克服していくこと。

『あなたの中の秘密のあなた』（エッセイ）

†

知恵を働かすこと、これが結婚生活には必要なのです。知恵がなければ、わたしたちは鬱積した不満（これはどうしても避けることはできません）から逃れることはできない。

『あなたの中の秘密のあなた』（エッセイ）

†

結婚生活の中では必ず倦怠期というのが訪れるのですから、その夫婦間のピンチのとき、どうすれば良いか、という一番大きなヒントになります。

その倦怠期は、ある夫婦には一年後に訪れるかも知れません。しかし、別の夫婦には半年も経ないでやってくるかも知れません。三年後に訪れる夫婦もあるでしょう。それは、子供があったり、なかったり、また、まわりの環境によっても違いますが、遅かれ早かれ、この倦怠期は必ずやってきます。

つまり、情熱がまったく消えてしまった状態です。

このときこそあなたは奮起し、努力し、忍耐しなくてはなりません。

この状態を乗り越えるには、いろいろな方法があります。

その一つは、子供を活用することです。別れたいと思っても、別れて不幸になるのは子供だ、という考えが頭にひらめいて、一年だけ延ばそう、もう一年だけ延ばそう、わたしのためではなく、子供のために延ばそう、というふうに一年延ばし、二年延ばし、三年延ばし……、そうするうちに倦怠期を乗り越えたという夫婦を、わたしは知っています。

わたしは、これはこの夫婦にとって決して不誠実なことではなく、むしろ誉めそやすべき、立派な方法であったと思います。

若い人に、子供を利用して夫婦の倦怠に目をつぶった、と言えば、ずるいやり方だと言われるかも知れませんが、わたしは、これはずるいやり方でも何でもなくて、やはり、夫婦の無意識の知恵だと考えるのです。

倦怠期のとき、まず、子供のためにもうちょっと頑張ろう、という気持ちになって欲しいと思います。

『あなたの中の秘密のあなた』（エッセイ）

本当の純愛とは不安によって持続される恋愛や情熱ではない。それは二人の男女が結婚してしまってから始まるのだ。結婚、つまり安定してしまえば互いの情熱が恋人のころ、婚約者のころのように燃えあがることは不可能だから、むかしのようにキュッと胸のしめつけられるような生活はまずないだろう。時にはケンカもし、時にはいがみあい、時には一発女房のほおをお見舞いすることもあるだろう。だが、この時こそ我々は情熱ではなく愛を必要とするのである。情熱のようにほれやすい人間なら誰《だれ》でももてる形式ではなく、あなたとあなたの妻がこの無数の人間の中から結ばれたことをまず考えるべきだ。

時には一発、ブンなぐる女房でも、あなたと同じ運命——悦《よろこ》びも苦しみもわかちあってツレそっていく。ここから純愛は少しずつ（決して情熱のように花々しくはないだろうが）生れていくのだ。純愛は映画や小説の中にあるのではない。ミソシルをのみイワシを食っている貧しい我々の夫婦生活の中から一歩一歩創りあげていけるものなのである。

『春は馬車に乗って』（エッセイ）

†

沼田はどんな夫婦であっても、相互に溶解できぬ孤独のあることを結婚生活をつづけながら知った。

『深い河』（小説）

†

あなたが、いかに妻として、母として御自分の心に自信を持っておられるとしても、それはいつ何時《なんどき》、顚覆《てんぷく》するかわからない。だからあまり自分の心に自信を持ちすぎて無防備であってはならないような気がします。

『ほんとうの私を求めて』（エッセイ）

†

もちろん情熱は愛とは違うのだが、情熱は男女の場合、愛の入口になることが多い。しかし、そのためにいかに多くの男女が、情熱がなくなった状態を愛が欠如した状態だと錯覚していることだろう。たとえば夫婦が結婚生活のなかに情熱をみつけようとする夫婦の多いのはこの錯覚のよい例である。

結婚生活には情熱など存在しないのである。しないのではなく、しえないのである。

『愛情セミナー』（エッセイ）

夫婦は幻滅から始まる

女に男がいちばん、幻滅するのは、女房をもらって三年目という説がある。この三年目には女房は安心しきって、夫の前で「化ける」ことを忘れるからであろう。女の仕事の一つは娘時代でも人妻時代でも、年齢に応じて心身とも「化ける」ことであるのに、夫を幻滅させるのは化け方にも怠慢な女房だと言われても仕方がない。

『ぐうたら社会学』（エッセイ）

†

自分がまさに死ぬ前に、

「ボクらはまあ、いい夫婦だったね」

と言った男の言葉は華やかではないが、実に千鈞《せんきん》の重みがある。

更に、

「今度、生れ代ってくる時もお前と一緒だよ」

という言葉は百や千の気のきいた愛情表現よりも百倍も二百倍も価値がある。

私は正直いって、ベタベタしている夫よりも、この二つの例にあるような夫のほうが好きだし、自分の感覚にもあう。

もうひとつ書いておきたいことがある。

まさに伴侶と永遠にわかれねばならぬ時、右のような言葉を言える人にはたとえある宗教を信じていなくても非常に宗教性があると私は思うのだ。

宗教者とはある教団に属し、ある特定の信仰の対象をきめていることであるが、そういう団体に属さなくても多くの日本人の心のなかには宗教性がひそんでいる。

なぜなら右にあげたような言葉は頭から出たものではない。知恵や心から出たものでもない、それは夫と妻とがたがいに魂から語りあった言葉なのだ。

魂から出た本当の、本気の言葉を永遠の別離の前に伴侶者にたいして口に出せる人は既に宗教性を内面に持っているのだ。

『変るものと変らぬもの』（エッセイ）

†

男というのは、女性が、どこか自分のわからない一点をいつまでも持っていてくれることを望みます。

どんなに愛しあっていても、自分がわからない部分があるということが、男性にとっての女性の魅力のひとつの条件となるのです。

『あなたの中の秘密のあなた』（エッセイ）

†

結婚生活に限らず、人生というものは、苦労に満ちていて、決して幸福そのものではありません。

幸福というものは、与えられるものではなく、作り出すものです。

『あなたの中の秘密のあなた』（エッセイ）

†

バカ正直という言葉があります。

単なる正直ではなくて、文字通りバカがつく正直です。

わたしの知っている友人の奥さんは、夫に対して誠実でありたいために、結婚前のボーイフレンドと自分の関係を話しました。彼女は悪気でそうしたのではありません。むしろ、彼を愛しているからそうしたのです。過去をすべて知ってもらいたかったからです。

優しい夫は、「わかった」と言ってくれました。「そんなことは気にしてないよ」と言ってくれました。

しかし、言葉と心というのは裏腹なもので、夫はその告白を聞いた後、表面は何でもないふうに装っていましたけれど、どこか暗い目をして彼女を見るようになり、ときには嫉妬に燃えた表情を出すようになりました。

なぜそうなったかということは、彼女が一番よく知っています。

嫉妬というのは、過去の出来事も、目の前で行われたものと同じように心を傷つけるものだからです。

この妻の場合、バカ正直であることを誠実だと思ったのです。もちろん、わたしはそのようには考えません。

わたしは、夫婦というものは双方弱い人間なのだから、夫婦関係が長く続くには知恵と技術が必要だと考えています。

バカ正直であるということは、この場合、知恵でも技術でもありません。ただ抜けているだけです。彼にすべてを打ち明けたい、という気持ちがあるのでしょうが、それをぐっとこらえて、口に出してはなりません。

わたしはそうすることが知恵だと思います。そして、知恵や技術のない結婚は無意味だと考えます。

この観点から言うならば、あなたが人間である以上どうしても持っている秘密というものを、曝け出す必要はないということになります。むしろ曝け出さない方が良いのです。逆にこの秘密を活性化する方が良いと思います。つまり、活かして使うことをすすめます。

『あなたの中の秘密のあなた』（エッセイ）

†

人それぞれが持っているもう一人の秘密の自分というものを、伴侶である妻あるいは夫はわかるでしょうか。あなたの中の秘密というのを彼は知ることができるでしょうか。

わたしは、ノーという答えを出します。

人間が、相手をすべて知り尽くすということは不可能です。また、どんなにあなたが誠実であっても、彼に嫌われるような部分、彼が嫌がるような自分（あなたの中には必ずそういう自分が存在しているのです）をわざわざ曝け出したりはしないでしょう。

たとえ曝け出したとしても、差し障りのない部分だけで、差し障りのある部分は曝け出さないでしょう。

ましてや、あなたが知らないあなたを彼につかんでもらうのは不可能でしょう。

逆に、もし、彼があなたの知らないあなたをつかんだとしたなら、あなたのすべての行動、すべての挙動を裏付けている別の動機がわかるようになります。

白けた、興醒めた気持ちになるに違いありません。

『あなたの中の秘密のあなた』（エッセイ）

†

もっと彼女がほしい。彼女の外側だけではなく、その内側もほしい。彼女が身にまとっている衣服を剝《は》ぎたい。なぜなら衣服というのは彼女が自分にだけではなく社会の誰にでもみせる覆いだからだ。彼女が自分にだけにみせるものを見たい。男女の肉体的欲望にはこの「もっと、もっと」の願いが含まれているのだ。性の心理の根底にあるものは「もっと所有したい」という所有欲がひそんでいるのである。

このことは逆に、性の心理は所有欲がみたされれば終ってしまうことを意味している。「もっと、もっと」という願いがすべてかなえられれば性的心理はそれ自身で完結するのである。このことはもちろん男女によって違いがある。多くの場合、男性は女性の衣服を剝ぎ、その裸の体を所有し終った時、あとは言いようのない空虚感を感じるのが普通である。空虚感というのは正しくないかもしれぬ。正確に言えば、それまで彼を駆りたてていた「もっと、もっと」がもうすべて終ってしまったという感じである。

女性の場合は逆に男に所有された時、空虚感より充足感を感ずるほうが多い。女性は男性とちがって性の結合を情熱の完結におかず、愛のはじまりにおく心理をもっているからである。しかしそうした精神的な愛情が伴わない場合は女性もまた男性と同じ心理になってしまうのである。

『愛情セミナー』（エッセイ）

†

男に飽きられた女性には彼女が彼にすべてを与えすぎたためだと気がつかぬ人が多い。彼女は惜しみなく、すべてを彼にくれてやり（それを愛情だと錯覚したのである）、そのために彼に「もっと、もっと」の心理を起させなくしてしまったのである。恋愛は何よりもそれが破れぬようせねばならぬ。にもかかわらず、女性は「与えすぎる」ことで、自分たちの恋愛を台なしにしてしまう時がある。はっきり言えば、その女性は、人間の心理、男の「もっと、もっと」の心理を知らなすぎたのである。

『愛情セミナー』（エッセイ）

恋の苦しみは情熱を燃えあがらせる

恋の炎を燃えたたせる油は、苦悩だということです。恋の苦しみはかえってあなたの情熱を烈《はげ》しくさせるものなのです。そして逆にこの恋につきものの苦しみが失われると、恋愛は色あせていく傾向があります。

†『生き上手 死に上手』(エッセイ)

恋の不安、苦しみ、嫉妬は情熱を燃えあがらせる。逆に不安、苦しみ、嫉妬などがなくなると情熱は色あせていく。

†『生き上手 死に上手』(エッセイ)

恋愛は勿論、陶酔がなければ生れませんが、その陶酔を知恵によって制御することも、二人の愛を何時までも続かせるため必要なのです。

†『恋することと愛すること』(エッセイ)

恋のかけひき、恋の技術は決して不純なものではありません。それは情熱についての知恵に支えられたものなのです。そして、それは二人の恋愛をいつまでも永続させるために必要な方法でもあるのです。

『恋することと愛すること』（エッセイ）

†

初恋にはもろさ、破れ易さを伴っていることも否定できません。けれども、それは勿論、絶対に破れ易いものではない。むしろ初恋とは破れるから美しいのではなくて、破れ易いに拘らず、愛する者たちが、知恵と勇気とによって、それを守り貫こうとする時、美しいのだと言いかえねばなりません。

『恋することと愛すること』（エッセイ）

†

情熱とはある意味で自己中心主義、一種のエゴイズムである。

『恋することと愛すること』（エッセイ）

†

失恋をして相談にくる娘さんに私はよく、こう言ったものだ。

「時間に任せなさい」

その時はどんな慰めや励ましの言葉をかけても効果がないことを私はよく知っているからだ。

そういう時は時間が最良の良薬だ。うす紙をはぐように失恋の苦しみが消えていく。そのほかに手はない。

失恋だけではない。人生の苦しみの半分は時間がたつに従って、薄らいでいくことが多い。その当座はこの苦しみ、いつまで続くかと思うが、一年たち、二年たつと、記憶のなかから遠ざかってゆく。

だから私はなにか苦しい時は、

(いつかは消える、いつかは消える)

と心のなかでつぶやくことにしている。

『変るものと変らぬもの』(エッセイ)

†

自分が獲得しようと思い、懸命になって追いかけた女性を遂に得た瞬間——これは女性の皆さんのお叱りを受けるでしょうが——男性というものは幸福感と共に、ある淋しさとも空虚感ともつかぬものを感じるのです。このウツロな感じや淋しさは、もはや動いたり、闘う必要のない、生命感を喪《うしな》ったような気分からもたらされるので男性はその時、言いようのない焦燥感を覚えるわけです。

『恋することと愛すること』(エッセイ)

†

情熱とは現在の状態に陶酔することですが、愛とは現在から未来にむかって、忍耐と努力とで何かを創りあげていくことです。

『恋することと愛すること』(エッセイ)

†

理想の男性の夢想をつくることと「男性を知る」こととは全く別なことです。

『恋することと愛すること』（エッセイ）

恋愛はいつかは狎《な》れや疲労をともなってくるものです。

†

『恋することと愛すること』（エッセイ）

男から男を遍歴する女性は必ずしも烈しい情慾の持主とは限らないでしょう。そういう女性のなかには何か渇《かつ》えたものを心の底にかくしていて、それを男に求めるが決して充たされない。だからまた次の男を探して歩く。そんな女性だっている筈です。

彼女の渇えたものは何か。それは一言では言えないでしょう。自らのすべてを貫いてくれる絶対的な愛か、それとも身も心も充足させる充実感か。そういう烈しい渇きをマグダラのマリアもイエスに会うまでは持っていたと考えられます。

†

『イエスに邂った女たち』（エッセイ）

だから彼女は一人一人の男のなかにそれを見つけようとした。しかし愛慾というものは一時の陶酔を彼女に与えても、絶対的な満足をもたらしはしない。

だから彼女はまた男を変える、変えても最後に残るのは苦い幻滅と自己嫌悪です。そして、言いようのない空虚感です。ひとつの空虚感を味わうたび、それを充たすため別な男のところに走る。そして彼女はふたたび心に傷つかねばならぬ。

愛や愛慾の渦中にいれば、男と女との社会関係は対等だとか平等だとか言っておられぬ場合があることは経験者ならば誰《だれ》でもわかることです。愛慾の世界では相手への執着がより強いほうが弱者になるのであって、多くの悪女は男の心をつなぎとめたい一心に罪を働いてしまうのです。だから彼女たちは罪を犯しても決して悪女ではありません。

『ほんとうの私を求めて』（エッセイ）

†

我々が一人の女に（一人の男に）恋をして、相手もまたそれに応《こた》えてくれた瞬間——、その瞬間から我々は重大な行為をはじめているのだ。

その行為とは「人を信じられるか」ということであり、「人から信じられうるか」ということでもある。

『愛情セミナー』（エッセイ）

†

恋愛の素晴らしさは意識的にせよ、無意識的にせよ、人間に相手を「信ずる」行為をやらせる点にある。人間がもう一人の人間を徹底的に信じる点にある。恋愛は相対的な情熱にすぎぬが、我々がその価値をみとめざるをえないのは、たしかにその点にあるのだ。

『愛情セミナー』（エッセイ）

†

恋愛や結婚の第一目的は結びあうことと愛情の持続にある。『愛情セミナー』（エッセイ）

†

快楽は本質的に狎《な》れとくり返しとを含んでいます。私たちが快楽の世界に溺れる時、必然的に感ぜねばならぬあの悲哀と寂莫感はこのくり返しのためなのです。すべてくり返しというものは人間に無限の単調さと意味のなさを感じさせます。

だれもいない午後、ひとり、時計の音だけを聞きつづけてごらんなさい。秒針の刻むチク、タクという音は私たちになぜか、人生の空しさを予想させます。刺激から次の刺激へ、快楽から次の快楽へ——そして、しかも尽きることのないこのくり返しは私たち人間に時計の音などとは比較にならぬ絶望感を与えるものなのです。

快楽をさまたげる第二のものに死の意識があります。

くり返しの空しさ、その虚無感だけでも私たちは何か死の臭いを連想するのですが、更にあの肉体的な死、人間はいつか死なねばならぬという意識が快楽の最中に突然、甦《よみがえ》ったならばどうでしょうか。いや、そういう想像だけではなく、本当に快楽に浸った者なら誰でも経験があるものなのですが、死の意識は人間が快楽にある時、ふしぎに襲ってくるものなのです。

それは快楽というやがては燃え尽きねばならぬものが、やがては終らねばならぬわれわれの人生を連想させるからです。快楽と人生はこの「終り」という本質的な共通点を持っているからです。

『恋することと愛すること』（エッセイ）

快楽は幸福のように創造の行為ではありませんが、しかしそれに徹する時、私たちはやがて人生のあり方を悟る場合が多いのです。ですから快楽に耽《ふけ》った人がやがて人生の本当の生き方に目ざめるということはよくあることです。聖アウグスチンの『告白録』をみますとこの聖者が青年時代、快楽の日夜をすごしたことが書いてあります。古い芸術家や宗教家たちの中にも放蕩の後、次第に生の本質をつかんでいった人も多いのです。

『恋することと愛すること』（エッセイ）

†

肉欲というものはそれ自体では常に悲しいものであります。感覚的には確かなもの、ハッキリとしたものであっても、肉欲はそれ自体ではかならず幻滅や湿りけや悲哀が伴うのです。

『恋することと愛すること』（エッセイ）

†

女性が最も女性としての尊厳をもつのは、何といっても彼女が母性になりうるということでありましょう。この母性としての使命は、男性がもっと敬意をはらってもよいものでありましょう。そして、肉体や肉欲というものに正当な価値を与えるためには、それが、この母性を創るための場合であります。そういってしまえば、皆さんは何だ、そんな簡単なことかと思われるかも知れない。だが、肉や肉欲は、精神的なものと一致した時、その使命や正しい意味をもつのであり、決して嫌悪したり拒絶すべきものではない。母性という崇高な徳や能力と結びついた時、肉欲もまた美しいものとなるのです。

『恋することと愛すること』（エッセイ）

†

古い純潔感とは、肉体を無意味に怖れ、肉欲についてむやみに嫌悪感を感ずることです。この純潔感は女性の本能や生理だけに支えられているものです。勿論、ぼくはこのような純潔感が一概に悪いと申しあげているのではありません。けれどもそこには意志や知性が欠けています。ただ女性としての生理による恐怖感から生れている以上、それは、肉体を支配し、それに秩序をあたえるものではありません。極端にいえば肉体に逆に引きずられた受身の純潔感です。

これに対して、新しい純潔感とは、肉や肉欲を徒《いたず》らに嫌悪したり怖れたりすることではなく、それに正当な価値を与え、それを未来にむすびつけるものです。その意味と使命とを認識しようとするものです。そういう意味で新しい純潔とは、肉体を精神や知恵によって支配することです。

『恋することと愛すること』（エッセイ）

〔神・信仰・宗教〕

神は存在ではなく働きである

神は我々のなかでひそかに働く

一度、神を知った者は神のほうが捨てようとはされぬから、安心して神に委《まか》せているのである。

『生き上手　死に上手』（エッセイ）

†

のんびり、楽しみ、神を求めた。

『心の夜想曲』（エッセイ）

†

神や仏もないものかの次に「神や仏にすべてをゆだねる」という心構えがある。私はまだまだその気持に達していないが、「死ぬ時は死ぬがよろし」と言った日本の聖者の言葉と「すべてをゆだね奉る」と言ったイエスの言葉は同じだと思う。

『生き上手　死に上手』（エッセイ）

†

ぼくのそばにいつも玉ねぎ（神）がおられるように、玉ねぎは成瀬さんのなかに、成瀬さんのそばにいるんです。成瀬さんの苦しみも孤独も理解できるのは玉ねぎだけです。あの方はいつか、あなたをもうひとつの世界に連れていかれるでしょう。それが何時なのか、どういう方法でか、どういう形でかは、ぼくたちにはわかりませんけれども。玉ねぎは何でも活用するのです。あなたの「愛のまねごと」も「口では言えぬような夜」のあなたの行動も（ぼくには一向、察しがつきませんが）手品師のように変容なさるのです。『深い河』（小説）

†

神を裏切り、教会を捨てた八年間、私は全く神の刑罰に悪夢のように追いかけられ、さいなまれてきた。私は自分を破門した教会を憎み、それを否定しようと試みたが瞬時も神を忘れることはできなかった。

だが成程、その神を忘れれば、それから解放されれば、もはや刑罰へのおののきも死への恐怖も全くなくなるということに気がつかなかったのだ。

布教以来十二年、今日はじめて私は異邦人の（つまり神を知らざりし者達《ものたち》の）倖《しあわ》せを知った。倖せかどうか、私は断言できない。だがキミコや昨日の千葉とよぶ青年たちの持つあの黄色人特有の細長い濁った眼の秘密だけはわかったような気がする。にぶい光沢をたたえた彼等の眼は死んだ小禽《ことり》の眼を思わせる。そのどんよりとした視線は私たち白人がなぜか不気味にさえ感ずる無感動なもの、非情なものがあるのだ。

それは神と罪とに無感覚な眼であり、死にたいする無感動な眼だった。キミコが時々、唱える、あの「なんまいだ」は私たちの祈りのようなものではなく罪の無感覚に都合のよい呪《じゅ》文《もん》なのだ。

窓に顔を押しあてて私はながい間ぼんやりと鉛色の冬空をみていた。陽《ひ》の光が照っているのか、それとも全くないのか、みわけさえつかぬ重くるしい空だった。これが日本の空だった……。

今日から私は救われるかもしれない。だがそれは私が育った白人の観念とは全く相反した異邦人の方法によってである。あのにぶい情熱のない眼を持ち神を次第に忘れ罪を幾重にも重ねれば、やがて死にも罪にも無感動になることを私ははじめてのように気がついた……。

『白い人・黄色い人』（小説）

†

聖書のなかのイエスは必ずしも毅然としては死ななかった。

むしろ彼は「主よ、主よ、なんぞ我を見棄てたまひし」と叫び、死の苦しみ、死の辛《つら》さを味わった。

しかし我々が心うたれるのはイエスが臨終の時、次の言葉を口にしたからである。

「わがすべてを神に委《ゆだ》ねたてまつる」

私が死ぬ時もこの気持には結局なるだろう。

「すべてを神に委ねたてまつる」とは自分の立派な部分だけでなく、弱さ、醜さすべてを神という大きなものに委《まか》せることである。

『変るものと変らぬもの』(エッセイ)

†

神――大いなるものは表だけでなく、我々の裏の裏までもよく御承知なのである。

『変るものと変らぬもの』(エッセイ)

†

神は人間の善き行為だけではなく、我々の罪さえ救いのために活かされます。

『深い河』(小説)

†

道徳というものは、人間がおかれている環境によって変りもするし、左右される。

『女の一生　二部・サチ子の場合』(小説)

†

一、宗教的倫理と社会道徳とは必ずしも一致しない。

二、宗教的倫理とは一人一人の心の奥底の問題であって、社会の秩序を保つための約束事の道徳などではない。

三、それは当人の内面の底(時には無意識の世界)の問題なのであって、神はそのすべてを知っている。

四、そして我々が神の働きとよぶものをみつけるのは、この心の奥底においてである。社会的道徳などの世界では神は働かぬ。

五、イエスはたえず、この心の奥底のことを問題にしていた。心の底はドロドロとした無明の世界であり、暗黒の場所だが、また神の働く場所でもあるからだ。「神の国はあなたのなかにある」とイエスは言っている。

『イエスに邂った女たち』（エッセイ）

†

無関心ということと憎しみということと、どちらかを選べというならば、私はむしろ人間として、まだ憎しみのほうに心ひかれます。なぜならば、憎しみということは、人間に対する関心を意味しているのであり、また憎しみは愛に変わるからです。神を憎むものが深い信仰者になるということは、よくあることです。しかし、神に無関心な者は、いつまでも神に無関心です。

たいていの日本の無神論者は、神を憎んで無神論者になるのではありません。神に無関心な無神論者です。どちらかを選べというならば、私は、神を憎む無神論者になるでしょう。というのは、神を憎む無神論者は、それによって生きる充実感を持つことができるからです。

『私にとって神とは』（エッセイ）

†

少年の時から、母を通してぼくがただひとつ信じることのできたのは、母のぬくもりでした。母の握ってくれた手のぬくもり、抱いてくれた時の体のぬくもり、愛のぬくもり、兄姉にくらべてたしかに愚直だったぼくを見捨てなかったぬくもり。母はぼくにも、あなたのおっしゃる玉ねぎ（神）の話をいつもしてくれましたが、その時、玉ねぎとはこのぬくもりのもっと、もっと強い塊——つまり愛そのものなのだと教えてくれました。大きくなり、母を失いましたが、その時、母のぬくもりの源にあったのは玉ねぎの一片だったと気がつきました。そして結局、ぼくが求めたものも、玉ねぎの愛だけで、いわゆる教会が口にする、多くの他の教義ではありません。（もちろんそんな考えも、ぼくが異端的と見られた原因です）この世の中心は愛で、玉ねぎは長い歴史のなかでそれだけをぼくたち人間に示したのだと思っています。

現代の世界のなかで、最も欠如しているのは愛であり、誰もが信じないのが愛であり、せせら笑われているのが愛であるから、このぼくぐらいはせめて玉ねぎのあとを愚直について行きたいのです。

その愛のために具体的に生き苦しみ、愛を見せてくれた玉ねぎの一生への信頼。それは時間がたつにつれ、ぼくのなかで強まっていくような気がします。ヨーロッパの考え方、ヨーロッパの神学には馴染めなくなったぼくですが、一人ぽっちの時、そばにぼくの苦しみを知りぬいている玉ねぎが微笑しておられるような気さえします。ちょうどエマオの旅人のそばを玉ねぎが歩かれた聖書の話のように、「さあ、私がついている」と。

『深い河』（小説）

†

神とはあなたたちのように人間の外にあって、仰ぎみるものではないと思います。それは人間のなかにあって、しかも人間を包み、樹を包み、草花をも包む、あの大きな命です。

『深い河』（小説）

†

私はひたぶるに神を求めることはなかったが、生涯のんびり、ゆっくり楽しみながら神を求めたと言えるかもしれぬ。

のんびり、楽しく、とは無理をしなかったという意味である。無理をしなかったというのは第一小説を書いたり読んだりしながら、つまり人間の心のなかをまさぐりながら、六十歳の歳月をかけて神を求めるものが人間の無意識のなかにひそんでいるのを実感したからである。また色々なステキな友人を通して神のあることを感じたからである。

『心の夜想曲』（エッセイ）

神は存在ではなく働きである

「嫌い」ということはすでに祈りだと。信じていなければ嫌うはずがないんだし、憎しみというのは、愛にひっくり返る可能性をもっているわけです。だから「あなたのこと大嫌い」とか、あるいは「なぜ神は私を見棄てるのか」と言い始めたときは、すでに祈りの言葉が始まっている。

『「深い河」をさぐる』（対談）

†

「神は存在というより、働きです。玉ねぎ（神）は愛の働く塊なんです」

「なお気持わるいわ、真面目な顔をして愛なんて恥ずかしい言葉を使われると。働きって何よ」

「だって、玉ねぎはある場所で棄てられたぼくをいつの間にか別の場所で生かしてくれました」

「そんなこと」と美津子はせせら笑った。「別に玉ねぎの力じゃないわ。あなたの気持が自分をそう仕向けたんじゃないの」

「いいえ、ちがいます。あれはぼくの意志など超えて玉ねぎが働いてくれたんです」

『深い河』（小説）

†

神とかキリストとかいうのは、働きだとまず思ったらいいのではないでしょうか。神とは自分の中にある働きだ、と私は考えているのです。

それは、自分の心の中でそういう気持になるのか、あるいは自分の意思を超えてそうなるのか、非常にあいまいなものが心の中にあるでしょう。その働きをキリストと言ったり、仏と言ったりするんじゃないだろうかと、私は思っているわけです。くりかえして言うと、神の存在ではなくて、神の働きのほうが大切だということなのです。

『落第坊主の履歴書』（エッセイ）

†

神というのを二とおりに考えたいのです。

常に目の前に、灰皿がそこにあるように、あそこに神がいる、と神の存在を見つけるものではないということがだんだん私にはわかってきました。後ろのほうから、いろんな人を通して、目に見えない力で私の人生を押していって、今日この私があるのだということでわかってきたのです。後ろから背中を押しているのが神なのです。

もう一つは、自分の人生を単独な自分のみの人生と考えないで、父親、母親をはじめいろいろな人を合わせた総合体としての場で自分が成立しているのだということを考えたのです。遠藤周作個人より、背後にいろんな人がいて、たとえば『イエスの生涯』が書けたのもそのおかげだと、『沈黙』を書いて以後だんだん思うようになってきました。その中には、さっき言った母もいれば、私に影響を与えたいろいろな人もいる。現実に生きている人もいるし、読んだ本の著者などもいます。そのように後ろから押しているものと私を存立させる場というものの二つがあって、それを考えかみしめていると、やっぱり神が働いているなという感じが私にはするのです。

自分の魂の形成の上には神など何の関係もないと言い切れる人は、私の言う「場」なんていうのは否定するだろうし、また後ろから押されているということも、後ろから神に押されたのではなく、自分の意思でやってきたのだと思うかもしれませんが、私の場合は、意思プラスもう一つ、X《エックス》というのがあったのだと思っています。

人生を歩むについてはたくさんの選択が可能であったのに、結局ここに来たわけで、これを私は選んでいるところをみると、意思のほかに、ほかのものを選ばせない無意識のものがあったのではないでしょうか。

本能的にこっちのほうがいいなと思って選んでいるのであっても、本能的に選んだというのは何か理由があるわけで、理由をつくってくれたのはその場だと思うから、どうしても場とのつながりということを考えるようになりました。それを働きと言うのですが、私は働きを認めざるを得ないのです。

『落第坊主の履歴書』（エッセイ）

†

神といえば私が学生時代、よく学生たちは議論したものである。「神がいるなら、その存在を哲学的に証明してみろ」と……。そしてある者は青くさくパスカルの賭《か》けの論理を口にしたり、カントの純粋理性批判の秩序を引用した。哲学科の男は習ったばかりの中世哲学トミズムの運動の原因論などを持ち出した。

これは遠い遠い昔の話である。あの頃のことを思い出して老いた私は思わず苦笑する。何という無駄な幼稚な議論をやっていたのだろう、と。もっと早く気づけばよかったのだ。神とは存在ではなくて、働きであるということに。

そしてその働きを私は自分の人生のなかで色々な形で感ずることができた。

たとえば本格小説を書いている時、稀《ま》れではあるが自分が書いているのではなく、誰かに手を持って書かせられていると思う箇所が私にもある。本が完成したあとに読みかえすと、その箇所が私などの実力をこえ、素晴らしくよく動いている。

そんな体験を私は同業の友人や他の芸術家にたびたびたずね、「自分もそうだ」という返事をえた。たとえば尊敬する彫刻家の舟越保武先生も心からこの働きに同意してくださった。

あの時、私の腕をもって助けてくれたものは何か。グリーンのいう彼の「人生をよき方向に向かわしてくれた力」とは何か。
近頃、深層心理学者たちはそれを無意識の働きと呼ぶようになった。しかし私などは無意識だけでは割りきれぬ何かを感じる。眼にみえぬそれらの働きを感じる時、神は我々のなかで、我々の人生のなかで、ひそかに働くことで自分を示していると思う。

『万華鏡』（エッセイ）

†

神は、それらの人生をただ怒ったり、罰するためだけに在《あ》るのでしょうか。神は、それら哀《かな》しい人間に愛を注《そそ》ぐために在るのではないのか。

『私のイエス』（エッセイ）

†

聖書の中に、「汝は冷たくもあらず、熱くもあらず、ただなまぬるきなり」という言葉があります。人生でなまぬるいやつは、神を知らない、だから、激しく神を愛するか、激しく神を憎むか、そのどっちか――つまり本当の無神論者ならば神を知ることができます。しかし、神なんか、あってもなくても、どうでもええというような人には、永久に神はわかりません。だから、激しい女というのは、神や愛を知ることができるという考えが、そこにあるのだろうと思います。

『私にとって神とは』（エッセイ）

†

私が神の存在を感じるのは、今日まで背中を何かが押してくれてきたという感じがまずするからです。自分の過去をずうっと振り返ってみると、私を愛してくれたり、支えてくれたりしたいろんな人がいますが、その人たちがアトランダムにあったのではなくて、目に見えないある一つの糸に結ばれ、一つの働きの上で私を支えてくれたのだという気持があるからです。生まれてから現在につながる糸があるとすれば、その糸にずうっとある力が働いていたのだなという感じを持つのです。そうすると、私の個性とかいったものよりも私をつくってくれたそれらのもののほうが大事になり、この大きな場で私は生きてきたという気がするのです。

それを私は神の場とよびます。

たとえばもしあなたが、私がいままで話してきたことを聞いて、キリスト教に興味を持ち、やがて洗礼を受けたとすると、神は直接目に見えるわけではないけれども、私という者を通してあなたに働きかけたことになる。神はいつも、だれか人を通してか何かを通して働くわけです。私たちは神を対象として考えがちだが、神というものは対象ではありません。その人の中で、その人の人生を通して働くものだ、と言ったほうがいいかもしれません。あるいはその人の背中を後ろから押してくれていると考えたほうがいいかもしれません。

私は目に見えぬものに背中に手を当てられて、こっちに行くようにと押されているなという感じを持つ時があります。その時神の働きを感じます。『私にとって神とは』（エッセイ）

非情な荒涼とした風物のなかに住む人間と宗教との関係は既に色々な人々によって説かれている通りである。こういう風景をみると自然と人間とのやさしい融和というような日本的汎神宗教は全く感ぜられない。それよりも自然がきびしく人間を拒み、神は人間をかたくなに超えるというキリスト教の地盤が生まれたような気がする。ぼくは旧約のもつあのヤウエ神の時として人間にみせる厳しい、非情な隔りがこの荒涼とした山と山の下に点在する部落とのもつ関係から想像できるように思えるのだった。

『聖書のなかの女性たち』（エッセイ）

†

神は色々な顔を持っておられる。ヨーロッパの教会やチャペルだけでなく、ユダヤ教徒にも仏教の信徒のなかにもヒンズー教の信者にも神はおられると思います。

『深い河』（小説）

†

自分の弱さを知るものは他人の哀しみに共感できる

イエスの教えの特徴は人間的なものを放棄せよと言わぬ点です。彼が言うのはそれら人間的なものを(1)絶対化するな、(2)より高きものに移行せよ、ということなのです。言いかえれば、(−)を放棄するのではなく(−)のなかには(+)を目指す何かがある。だからその(−)を(+)に転化せよと言うことです。

『イエスに邂った女たち』（エッセイ）

†

キリストの時代は当時のユダヤの風習によって婦人の地位というものは社会的にも家庭的にも非常に低いものであった。あの旧約に出てくるモーゼも女性を決して高く評価したとはいえませんし、またその頃の社会では女には教育を与えようとはしなかった。この事実からみてもほとんどすべての点で女性は劣った存在とみなされていた。普通の女性でもそういう待遇をうけていたのですから、まして淫売婦や病気を患った女たちが周囲から、どういう眼でみられていたかは容易に想像することができるわけです。

ところがキリストはあえて——あえてというよりは進んで、人々からうしろ指をさされるような女性に近づいていった。

これはキリストがそういう虐げられた人々にふかい憐みを感じたためでしょうが、それ以上に彼が我々に一つの教えを——つまり我々人間は誰一人として他人を裁いたり軽蔑したりする権利がないことを、はっきりと示したためだと、ぼくは考えています。

そうです。キリストの教えた本当の精神の一つは、いかなる人間も高見《たかみ》から他人を裁く資格はないということです。信仰者の陥りやすい過ちの一つは自分が神から選ばれた人間である故に、神を知らぬ人々をひそかに裁き、軽蔑するという気持だ。自分を正しい心の立派な人間と思い、他人の過ちや罪を蔑むこと——キリストはこれをもっとも嫌ったのでした。大事なことは自分も他人も同じように弱い人間であることを知り、そして他人の苦悩や哀しみにいつも共感すること、これをキリストは聖書の中で「女性を通して」教えているのです。

『聖書のなかの女性たち』（エッセイ）

†

良妻賢母型の女性はそれ自身では立派ですが、ともすれば一つの過《あやま》ちをおかすことがある。正しいことと悪いこと、得なことと損なことをハッキリ区別する彼女たち——家庭や自らの人生（夫や子供）をみごとに秩序だて整理する立派な能力をもった女性たちはしかし自分の人生にとって不可解なものを嫌い軽蔑し、拒絶する傾きがあるのです。自分が正しい立派な女性である（少なくともそうなるべきという）気持から、罪の泥沼に陥った人を軽蔑し、拒絶する心が生れてきます。

　ぼくの知っているある夫人は夫を出世させる良妻であり、子供にたいしても賢い母親でしたがやはりこの心理的危機から脱《のが》れることはできなかった。彼女は自分に似た世界に住む人は理解できても、それ以外の世界で苦しむ人のことはわからなかった。この夫人がある日、恋人と共に心中をした妻子ある男の話を耳にして、呟いた言葉をぼくは今でもはっきり憶えています。

「その人、莫迦《ばか》じゃない」

　その人、莫迦じゃない――この言葉の背後には彼女が女と共に自殺した男の人生の哀しみを冷酷につき放す気持がにじみでています。なるほど自殺したのは間ちがっていたかもしれなかった。だがその男を自殺まで持っていった人生の苦しみや歎きをこの夫人は真実、考えてやろうとはしなかったのでした。

『聖書のなかの女性たち』（エッセイ）

†

　イエスは怒りの神ではなく、愛の神をみなに教えた。イエスはその愛の神の存在証明を、このように自らの死にざまによって行おうとしたのである。彼は怒りの神にではなく、愛の神に、弟子たちを許せとたのんでいるのである。

　この死のまぎわの言葉――それをエルサレムからのニュースで聞き知った時の弟子たちの

感情を考えるとよい。師が自分たちの裏切りを怒り、呪うかわりに、許そうとしたのだと知った時の彼等の感動を思いうかべるとよい。弟子たちは文字通り、号泣し、ふかい自責の念と呵責《かしやく》とに身を震わせたことであろう。

この感動と自責の念とが撥《ばね》となって、四散していた弟子たちはふたたび結ばれるようになる。いわゆる原始基督教団の結成である。彼等はここではじめてイエスを再認識したのであり、イエスの溢れるような愛を身をもって知ったのだ。

イエスはこの日から、彼等のなかでふかくいきいきと生きはじめた。つまり彼等の心のなかで、死んだイエスは再生しはじめたのだ。

このイエス再生の意識と共に彼等は、イエスは十字架の上で小さき命を捨てたが、そのかわり大いなる生命体（神）のところに還ったという信念を獲た。イエスは死によって新しい生命を獲得したという考えかたに到達したのである。

つまりイエスは死滅したのではなく、大いなる生命体のなかで生きているということに弟子たちが考え及んだ時、イエスは彼等の心のなかでいきいきと生きてきた。弟子たちはイエスを再発見し、その生涯の意味をはじめて知り、そしてイエスが自分のなかで生きつづけている歓喜を味わったのである。

『イエス巡礼』（エッセイ）

†

六時間の苦痛の間、イエスは左右の政治犯と苦しい息のなかから言葉を交している。一人

の政治犯がイエスの無力をからかい、他の一人がこれをかばった時、イエスはその政治犯に、

「今日《きょう》汝我と共に楽園に在《あ》るべし」(ルカ、二三ノ四三)

と言ったという。

しかしイエスが死に到るこの間に神に向って言った言葉にこそ意味がある。そのひとつは、

「父よ、彼等は為《な》す所を知らざる者なれば、之を赦《ゆる》し給え」(ルカ、二三ノ三四)

という言葉である。

この言葉は彼を死に追いやった大祭司や衆議会の議員たちや群衆だけに向けられたのではない。彼を裏切ったユダや弟子たちにも向けられたと考えるべきである。

私がそう言うのは、イエスが死の直前、絶対的な愛と許しを神に願ったということが、師を捨てて四散した弟子たちを驚愕させ狼狽させたからである。自分たちが裏切った師は自分たちを憎み、恨み、怒っていたのではなかった。自分たちの弱さを理解し、その許しを神に願ったのである。それを知った時、弟子たちは文字通り号泣し、深い自責の念と呵責《かしやく》に身を震わせたにちがいない。彼等がふたたびイエスのために集まり、イエスの教えのために生きようと決心したのも、この言葉を知ったからだと私は思う。

『イエス巡礼』(エッセイ)

†

キリストは、いやな人間の中にもいます。いい人間の中にもいます。だから、私は他人の中のキリストにいつも会っているではないか、と思うと、私にはとても気楽なのです。

『私にとって神とは』（エッセイ）

†

復活というのは蘇生とは違いますよ。復活には二つの意味があります。イエスの死後、使徒たちの心の中で、イエスはキリスト（救い主）という形で生き始めました。イエスの本質的なものがキリストで、その本質的なものが生き始めたということです。現実のイエスよりも真実のイエスとして生き始めたこと、これが復活の第一の意味です。それから、イエスが復活したということは、彼が大いなる生命の中に戻っていったことの確認です。滅びたわけではなくて、神という大きな生命の中で生前よりも息づいて、後の世まで生きていく。これを復活と言ったのだと思います。

『私にとって神とは』（エッセイ）

†

人生、何が、どう旋回するか、わからない。そこに人間をこえた大きな力を私は感じてならぬ。

『狐狸庵閑談』（エッセイ）

†

モラルと美とを混同する日本人の感覚には、私見であるが、日本人のもつ汎神論《はんしんろん》の影響があると思う。汎神論にはまず対立や対決というものがない。神と人間との距離がないからだ。神々は人間の拡大か延長かのいずれかである。人間は全体の一部になる。ここから対立や対決の意識がわれわれには伝統的に育たなかったのであって、道徳の問題の場合でも同じことだといえよう。倫理とは本来、悪と善の対決から生まれるものだが、日本人はこの対決を本能的に嫌ったともいえるのだ。私たちはその対決の代りに美、つまり調和やセッチュウを道徳の規準としてとったのである。他人にたいする調和、社会との調和、国家との調和、これが日本人のモラル感を支配したのである。

極端にいえば、日本人の心には形而上的な意味での善も悪も存在しなかったのである。したがってこの善と悪との闘いも結局、もっと低い次元、家庭と個人の闘いや世間と自分の闘いでは形をとったかもしれないが、もっと究極の良心と人格の闘いにはならなかったのだ。

『お茶を飲みながら』（エッセイ）

永遠の同伴者を求めて

人間がもし現代人のように、孤独を弄《もてあそ》ばず、孤独を楽しむ演技をしなければ、正直、率直におのれの内面と向きあうならば、その心は必ず、ある存在を求めているのだ。愛に絶望した人間は愛を裏切らぬ存在を求め、自分の悲しみを理解してくれることに望みを失った者は、真の理解者を心の何処《どこ》かで探しているのだ。それは感傷でも甘えでもなく、他者にたいする人間の条件なのである。

だから人間が続くかぎり、永遠の同伴者が求められる。人間の歴史が続くかぎり、人間は必ず、そのような存在を探し続ける。その切ない願いにイエスは生前もその死後も応えてきたのだ。キリスト教者はその歴史のなかで多くの罪を犯したし、キリスト教会も時には過ちに陥ったが、イエスがそれらキリスト教者、キリスト教会を超えて人間に求められ続けたのはそのためなのだ。

『キリストの誕生』（小説）

†

祭壇に聖体の安置をしめす種油の火が小さく燃えていた。かつてここで働いていた時、その火の途絶えぬよう種油を入れるのは彼女の仕事でもあった。

彼女はあの女性の像の下に倒れるように坐って咳きこんだ。咳きこんだ時、また少し血が口にあてた手をよごした。そして聖母の像は咳きこむキクを大きな眼で見ていた。

(やっぱし、ここに来てしもうたよ。清吉さんのことば話す相手はあんたしかおらんもん)

咳きこみながら彼女は聖母にそう訴えた。

(うちはあんたば好かんやった。清吉さんがうちよりもあんたのほうば大切に思うとったけんね。うちは清吉さんの心ばこっちに向けようて焼餅ばやいたこともあるとばい)

そして彼女は烈しく咳をした。

(もうだめんごとある。うちは負けてしもうた。あんたと違うてこん体はよごれによごれきっとるけんね)

訴えながらキクの眼から泪《なみだ》がながれ出た。伊藤に犯されたあの日に流したと同じ泪がながれた。

(もう……うちは清吉さんには近づかれんよ。ばってん、うちはほんとに清吉さんば好いとった)

彼女は血を吐き、うつ伏した。内陣は静寂で、雪は外に音もなく舞っていた。咳の音が終ると彼女の体は動かなくなった。

この時聖母の大きな眼にキクと同じように白い泪がいっぱいにあふれた。あふれた泪は頰を伝わりその衣をぬらした。彼女はうつ伏して動かなくなったキクのために、一人の男を愛して愛しぬいたこの女のために、おのれの体をよごしてまでも恋人に尽しきったキクのために今、泣いていた。

（うちは……ほんとに清吉さんば好いとった）

キクのその叫びを聖母は、はっきりと聞いた。聖母像は大きな眼に泪をためたまま、強く強くうなずいた。

（ばってん、あんたと違うて、うちん体はよごれによごれきってしもうた……）

悲しみと辛さとをこめたキクの訴えには聖母は泣きながら烈しく首をふった。

（いいえ。あなたは少しもよごれていません。なぜならあなたが他の男たちに体を与えたとしても……それは一人の人のためだったのですもの。その時のあなたの悲しみと、辛さとが……すべてを清らかにしたのです。あなたは少しもよごれていません。あなたはわたくしの子と同じように愛のためにこの世に生きたのですもの）

うつ伏したキクの体はもう力尽きて身じろぎもしなかった。

（今夜の雪は一晩中、ふるでしょう。よごれたもの、けがれたものを、あのたくさんの雪が白く浄《きよ》めるでしょう。やがてこの長崎の街は純白の世界になるでしょう。人間のよごれ、けがれ、苦しみ、罪がすべてその純白の雪の世界のなかにかくれるように、あなたの愛があな

たにさわった男のよごれを消した筈《はず》です）

そして聖母はキクを促した。

（いらっしゃい、安心して。わたくしと一緒に……）

すべてが静寂なまま時間がながれた。教会の外では相変らず霏々《ひひ》として雪はふりつづいていた。

『女の一生　一部・キクの場合』（小説）

†

ぼくは、自分の気持に確証を与えるために、屋上の手すりに靠《もた》れて、黄昏の街を見つめた。灰色の雲の下に、無数のビルや家がある。ビルディングや家の間に無数の路がある。バスが走り、車がながれ、人々が歩きまわっている。そこには、数えきれない生活と人生がある。その数えきれない人生のなかで、ぼくのミツにしたようなことは、男なら誰だって一度は経験することだ。ぼくだけではない筈だ。しかし……しかし、この寂しさは、一体どこから来るのだろう。

ぼくには今、小さいが手がたい幸福がある。その幸福を、ぼくはミツとの記憶のために、棄てようとは思わない。しかし、この寂しさはどこからくるのだろう。もし、ミツがぼくに何か教えたとするならば、それは、ぼくらの人生をたった一度でも横切るものは、そこに消すことのできぬ痕跡を残すということなのか。寂しさは、その痕跡からくるのだろうか。そして亦、もし、この修道女が信じている、神というものが本当にあるならば、神はそうした痕跡を通して、ぼくらに話しかけるのか。しかしこの寂しさは何処《どこ》からくるのだろう。

『わたしが・棄てた・女』（小説）

†

人間には神を求める心があれば、まずそのままでいていいと思うのです。つまり神は働きだといいましたけど、その人がキリストを問題にしないでも、あるいは仏さんを問題にしないでも、キリストが、仏が、その人を問題にしているから、大丈夫、ほっておいていいのです。というのは仏教で時節到来という良い言葉のあるように、人間が神や信仰に目覚める時節は人生にいつか到来するからです。ひょっとするとそれは死のまぎわかもしれないが、死のまぎわでもよいのだと私は思います。

『私にとって神とは』（エッセイ）

†

「ガンジス河を見るたび、ぼくは玉ねぎ（神）を考えます。ガンジス河は指の腐った手を差し出す物乞いの女も殺されたガンジー首相も同じように拒まず一人一人の灰をのみこんで流れていきます。玉ねぎという愛の河はどんな醜い人間もどんなよごれた人間もすべて拒まず受け入れて流れます」

『深い河』（小説）

†

「人が一人で生きうるものならば、どうして世界の至る所に歎きの声がみちみちているのでございましょう。あなたさまがたは多くの国を歩かれた。海を渡り、世界をまわられた。だがそのいずこにても、歎く者、泣く者が、何かを求めているのを眼にされた筈でございます」

彼の言うことは間違っていなかった。侍は自分が訪れたすべての土地、すべての村、すべての家で、両手を拡げ、首垂《うなだ》れているあの痩せた醜い男の像を見た。

「泣く者はおのれと共に泣く人を探します。歎く者はおのれの歎きに耳を傾けてくれる人を探します。世界がいかに変ろうとも、泣く者、歎く者は、いつもあの方を求めます。あの方はそのためにおられるのでございます」

『侍』（小説）

†

迷惑な話だ。あなたはなぜ、まるで遠い国から戻ってきた親戚《しんせき》のように狎《な》れ狎《な》れしく私の人生に係わりを持つのですと矢代は夕陽の染みのついた壁に向って囁《ささや》く。あなたが紛れこまなければ、私は弥次喜多のような世界で呑気《のんき》に生きることだってできたのだ。アーメンに最も縁のないような人間である私の肉体に、なぜ、あなたはとり憑《つ》いたのですか。

城壁にそって歩いた。塔の下にたつ。この塔の場所にヘロデ王の館があったのである。ヘロデがどんな顔をして、どんな服装をした男だったのか、矢代はわからない。小さい時、母につれられて見た「ゴルゴタの丘」という映画で、ヘロデはまぶたの肉がたるみ馬鹿のように少し口をあけた男だった。その顔から、矢代はやがてヘロデをいつも何かに怯《おび》えながら快楽にふけっている男のように想像するようになった。

この王はサロメにそそのかされて洗者ヨハネを殺したが、いつもヨハネの暗い姿に怯えていた。そして痩せた哀れな男が群集の手によって自分の前につれて来られた時、彼はヨハネの姿をそこに見るような気がしたのである。だから彼はその思い出を消すためにも、この男の処刑に反対しなかったのである。

矢代がアーメンの臭いのするものを棄てられぬのは、死んだ母の姿につながっていた。母はヘロデをじっと見つめたヨハネのように彼にとっては辛い存在だった。母が生きている間、彼は彼女をわざと傷つけたり、反抗したりしたが、自分を悲しげにじっと見つめる母の眼はそのたび毎に矢代の胸を痛くさせた。彼女が死んだあとも、その眼はやはりどこからか彼をじっと見つめていた。

『母なるもの』（小説）

†

この旅で私に付きまとってきたのは、イエスだったか、ねずみだったのか。もうよくわからない。だが、そのねずみの蔭にあなたは隠れていたのは確かだし、ひょっとすると、あなたは私の人生にもねずみやそのほかの人間と一緒に従いてこられたかもしれぬ。ひょっとすると、あなたは私が引き出しに放りこんでおいた古い原稿のなかにも身をひそめておられたのかもしれぬ。歯の欠けたあの嘘つきの十三番目の弟子。私の書いたほかの弱虫たち。私が創りだした人間たちのそのなかに、あなたはおられ、私の人生を摑《つか》まえようとされている。私があなたを棄てようとした時でさえ、あなたは私を生涯、棄てようと摑まえようとされぬ。

『死海のほとり』（小説）

宗教の始まるところ

神も仏もないものか、その声が出た所から本当の宗教が始まると言っていいのだ。

『生き上手　死に上手』（エッセイ）

†

私がコルベ神父の顔に人間の表情を感じるのは、彼が最後までみすぼらしい現実を捨てず、むしろ現実の苦しみを進んで引きうけようとしたからである。地上のものを捨てないことが彼の場合、「愛」という意味だったのだ。なぜなら「愛」とは捨てないということだからだ。

われわれは近代といえば反抗とか脱出とかいう形で教えられてきた。重苦しく、みすぼらしく見えるこの現実からの脱出が近代の芸術や文学になった。太宰治がそのいい例である。そして芸術や文学だけでなく、宗教までが、苦しい現実や地上からの解放であり脱出であるかのように人々は誤解している。けれども他の宗教はいざ知らず、基督教は脱出などさらさら教えてはいないのである。脱出のかわりに地上と契約を結ぶこと、その意味でもっとも人間的であることを教えているのである。脱出か、契約か、われわれの考え方は毎日どちらかを選ばねばなるまい。しかし、私自身、近代思想で学んだ脱出の思想にはもう飽き飽きした。コルベ神父の表情が私の心をゆさぶるのはそのためである。『お茶を飲みながら』（エッセイ）

†

私はのんびり、楽しい、求道や宗教もありうると思う。神がもし人間とこの世を作ったのなら人間がこの世であかるくたのしむことを決して否定されない筈なのに……。どうして多くの人は求道や宗教を暗いイメージでみるのだろう。『生き上手　死に上手』（エッセイ）

†

同じ神学校で同じことを教えられた、違った国籍を持つ二人の青年がいたとします。そして、彼らの母国同士が戦争を起こし、二人は戦場で偶然遭遇し、銃を向け合わなくてはならない状況に立ちいたったとして、その時、二人はどうすればいいのかということです。

しかし、この問題について、この二人はどちらも答えられないだろうと思います。ところで、こういう答えられない問題が、われわれの人生の中にあるからこそ、宗教というものが存在するのではないでしょうか。また、こういう答えられない問題というのは、われわれの人生の中にいくつもあるわけです。そして、なぜ、こういった問題に答えられないかというと、われわれ人間は肉体と霊魂を持っているからということになるでしょう。今の例で言えば、肉体というのは戦争を起こした彼らの国家であり、政治であり、組織であって、霊魂というのは、キリスト教でいう「殺すなかれ」という命題になるわけです。

そして、この二つが葛藤するわけですが、肉体は現実のもろもろの状況の中で、〝生活〟しなくてはならない。一方、霊魂は人間個人の内面で、すなわち〝人生〟の中で生きていかなくてはならない。しかし、人間にとって肉体と霊魂、そのどちらか一方が欠けるということは考えられません。〝人生〟だけで生きることはできないし、〝生活〟だけで生きることもできないわけです。

『私のイエス』（エッセイ）

†

善人が救われるなら、悪人は尚更のことであるという言葉は、言いかえれば、出来の悪い子に、恩愛をそそぐ日本の母の心情の移しかえである。

この言葉から多くの日本人は仏のなかに、きびしい父のイメージよりは、やさしい母のイメージを見つけるにちがいない。

†

宗教には二つある。「父なる宗教」と「母なる宗教」である。

「父なる宗教」が旧約の神のように悪を責め、怒り裁くなら「母なる宗教」は悔いたものを許し、愛してくれるのである。日本には父なる宗教は育たず、母なる宗教が栄えるというのは私の考えだが、その根本原因は、戦場で多くの日本の兵士が「お母さん」とつぶやいた心情につながるのである。

『ほんとうの私を求めて』（エッセイ）

†

カトリシズムはよく保守反動の権化のように若い人から言われる。そして私は同じカトリックとして、このやや現代では侮蔑《ぶべつ》的な意味をもった保守という言葉をある意味では悦《よろこ》んで受けたいと思う。なぜなら保守とは、自分に与えられたものを、たとえそれが自分にとっては苦しいものでも決して捨てずに守りつづけることだからだ。周知のようにカトリックでは自殺を禁じている。

私の考えではそれは現実や人生が苦しくても最後まで捨てるなということだと思う。カトリックでは特別な場合を除いて夫婦の離婚に賛成しない。私の考えではそれは男女にとって大事なことは相手をどう選んだかなどということではなく、一度自分の人生に加わってきたものを死ぬまでアダやオロソカには捨てるなということだと思う。

『ほんとうの私を求めて』(エッセイ)

†

「お前が、もし、俺たちの責め道具に口を割らぬとしたらだ、そりゃ英雄主義への憬《あこが》れ、自己犠牲の陶酔によるものじゃないか。酔う。恐怖を越えるためになにかに酔う、死を克《こ》えるために主義に酔う。マキだって、お前さん等基督教徒だって同じことだぜ。人類の罪を一身に背負う。プロレタリヤのために命を犠牲にする、この自分、この自分一人がという涙ぐましい犠牲精神がお前さんを酔わしているんじゃないか。ナチの協力者、裏切者のこの俺が、お前の肉体をいかに弄《もてあそ》ぼうと、お前はユダのように魂を売りはしない、そう思っているんだろう。そう信じこんでいるんだろう。だが、そうは問屋がおろさない」

闇《やみ》は次第に迫って来た。それは波のようにながしの窓硝子を濡《ぬ》らし、それを浸しはじめた。私は黙っているジャックの顔のほの白い輪郭しか、もう見えなかった。しかし、見えなくても、その表情はわかっていた。

「俺はあの学生時代から、お前が、英雄になろう、犠牲者になろう、としているのを知っていた。だから、俺は、お前の、その英雄感情や犠牲精神をつき落としてやろうと考えた。考え続けた。俺は今、それがやっと自分にわかったんだ。お前だけじゃないさ。俺は一切そのような陶酔や信仰の持主が憎いんだ。彼等はウソをつくからな。他人だけではない、自分にもウソをつくからな。

ジャック、ナチズムは政治だぜ。政治は人間の英雄感情や犠牲精神を剥奪《はくだつ》する方法をちゃんと知っているんだ。犠牲感情だって、自尊心がなくっちゃ存在しない。だが、この感情はもろく砕いてみせられる。

お前、ポーランドのナチ収容所の話をきいているだろ。はじめは、そんな陶酔に酔った闘士《コンバタン》が沢山いたらしいな。

彼等は、お前と同じように、一人で殺されるのを待っていたらしいな。そこには英雄の孤高、英雄の死という、くすぐったい悦《よろこ》びがあるからな。ところがだ。ヒットラーはちゃんとそれを見抜いていた。奴等を無名のまま集団で殺した。ヒットラーはそんな文学的、感傷的な死に方を彼等に与えてやらなかったのさ」

『白い人・黄色い人』（小説）

†

復讐や憎しみは政治の世界だけではなく、宗教の世界でさえ同じだった。この世は集団ができると、対立が生じ、争いが作られ、相手を貶《おとし》めるための謀略が生れる。戦争と戦後の日本のなかで生きてきた磯辺はそういう人間や集団を嫌というほど見た。正義という言葉も聞きあきるほど耳にした。そしていつか心の底で、何も信じられぬという漠然とした気分がいつも残った。だから会社のなかで彼は愛想よく誰ともつき合ったが、その一人をも心の底から信じていなかった。それぞれの底にはそれぞれのエゴイズムがあり、そのエゴイズムを糊塗するために、善意だの正しい方向だのと主張していることを実生活を通して承知していた。彼自身もそれを認めた上で波風のたたぬ人生を送ってきたのだ。

だが、一人ぼっちになった今、磯辺は生活と人生とが根本的に違うことがやっとわかってきた。そして自分には生活のために交わった他人は多かったが、人生のなかで本当にふれあった人間はたった二人、母親と妻しかいなかったことを認めざるをえなかった。

『深い河』（小説）

†

キリストは自分をもてなすために台所で働くマルタの心はよく知っていられた。ただ彼はこうした良妻賢母的な彼女の性格の陥りやすい過ちを、こうした瞬間をとらえて優しく教えたのです。

マルタよ。あなたは立派な女だ。しっかりとした性格だ。あなたはこうして私のために働いてくれている。だがその立派さ、しっかりさが自分だけの独善性を人生の中にみちびき入れはしないか。今日、台所の仕事のことであなたはマリアを非難する。台所の仕事だけなら大したことではない。だが人生の生き方についてもあなたは「自分はいつも正しい」と考える危険をもっていないだろうか。そして心の悲しい人、罪に躓《つまず》かざるをえなかった人を自分の世界から拒絶し、それをひそかに軽蔑する危険ももってはいないだろうか。人間はみな弱いのだ。その弱さを自分の中にも認めない者はいつかやはり知らずに他人を裁いてしまうだろう。だが私がこうして町から町を歩くのは裁くためではない。罪に躓いた無数の人間の苦しかった人生を理解し共感するためなのだ……。

『聖書のなかの女性たち』(エッセイ)

†

日本人は個人の責任で生きることにまだ熟していない。というより今でも個人よりは家族との結びつきで生きている日本人が多い。私は日本人のなかには特定の宗教は信じてはいないが、「家族教」という宗教を持っている人が多いと考えている。

『異国の友人たちに』(エッセイ)

九九％の疑いと一％の希望、それが信仰である

信仰とは思想ではない。意識で作られる考えではない。信仰とは無意識に結びつくものなのだ。

『生き上手　死に上手』（エッセイ）

†

本当の信仰とは合理主義や理屈をこえたもの――仏教でも言語道断とこれを言っているではないか。

『生き上手　死に上手』（エッセイ）

†

自分の全人間性をさらけ出すということ、そういう弱さや悲しみをさらけ出すことができるという気持ちを持てた、これは、やはり信仰だと思うのです。

普通、信仰者というと、その日から疑いがすべて晴れ、安心した気持ちでいる、とあなたは思うかもしれません。しかし、何度も言うように、そんなことはありえないのです。みんなと同じ迷いをやり、みんなと同じ悩みをやっているわけです。

ただ、どこが違うかというと、迷いや悩みを持ったりしても、そういう迷いとか悲しみとかを知ってくれる人がいるのだということ、そういう存在があるのだということです。そして、これが、私はキリスト教を信じてよかったな、という気持ちになる大きな拠所《よりどころ》でもあるのです。

『私のイエス』（エッセイ）

†

私は神の存在に疑問を抱いたからといって、それがキリスト者として間違った態度だとは考えていません。信仰というものはそういうものであって、九九％の疑いと一％の希望なのですから。

『私のイエス』（エッセイ）

†

「恐れ」と「畏れ」とは根本的にちがう。「恐れる」のは人間の恐怖が底にあるが「畏れる」のは相手にたいする尊敬が根底にある。

『生き上手　死に上手』（エッセイ）

†

私の若い頃《ころ》には封建的なものは何でも悪いという戦後の風潮で、「恐れ」と「畏れ」を混同したような考えかたをする者が多かった。

そして畏敬《いけい》の対象になるものすべて悪いという考えから人間から畏れるものをすべて無くしてしまおうとする傾向があった。

そのためか、今の若い者は畏れを知らない。人間をこえた大きなものを畏れない。神を畏れない。

私をして言わしむれば、神は恐れの対象ではないのだ。我々を包み、我々を生かす大きな命として畏敬すべきものなのだ。恐れと畏れとは断じてちがうのである。

『生き上手　死に上手』（エッセイ）

†

「この病気は病気だから不幸じゃないのよ。この病気にかかった人は、ほかの病気の患者とちがって、今まで自分を愛してくれていた家族にも夫にも恋人にも、子供にも見捨てられ、独りぼっちになるから不幸なのよ。でも、不幸な人の間にはお互いが不幸という結びつきができるわ。みんなはここでたがいの苦しさと悲しみとを分けあっているの。この間、森田さんがはじめて外に出た時、みんながどんな眼であなたを迎えたか、わかる？　みんなは、自分も同じ経験をしたから、あなたが一日でも早く、自分たちにとけこむ日を待っていたのよ。そんな交わりは普通の世間では見つけられないわ。ここにだって、考えようによっては別の幸福が見つけられるのよ。」

ミツは返事こそしなかったが、スール・山形のいう言葉を一生懸命きいていた。今日まで彼女は誰からもこういう話を耳にしたことはなかったし、もちろんその小さな頭はスール・山形の話をすべて理解したわけではなかった。しかしミツこそ、今日まで他人の不幸をみると、その上に自分の不幸を重ねあわせ、手を差しのべようとする娘だったのだ。そして今、自分を他の患者たちがあたたかく迎えようとしていたのだと修道女から聞かされた時、彼女はやはり涙ぐみたいほどの嬉しさをおぼえた。あの人たちを嫌悪し、あの人たちのみにくい容貌をおそれていた自分がひどく悪い人間だったと思えてくるのである。

「ねえ……」

針と布とを膝の上において、ミツはそれら患者たちが可哀想でたまらなくなってきた。彼女自身、同じ病気であることさえ忘れてしまって、スール・山形にたずねた。

「あの人たち、いい人なのに、なぜ苦しむの。だってさ、こんなにいい人たちなのに、なぜこれほど可哀想なめに会うのよ。」

「あたしも、その問題を毎晩、考えるわ。」スール・山形はミツの眼をじっと見つめながら、「眠れぬ夜に、考えるわ。世の中には心のやさしい人ほど辛い目に会ったり、苦しい病気にかかったりするのね。なんのために神さまはそんな試練を与えるのか、あたしもよく考えるわ。この病院にはびっくりするほど心の美しい患者さんが沢山いるわ。世間にいた時だって、その人たちは悪いことなんか何一つしなかったでしょう。それなのになぜ、この人たちだけがこんな病気にかかり、家族に棄てられ、泪《なみだ》をながさねばならぬのか、考えるわ。そんな時、あたしは自分が信仰している神さまのことまで、わからなくなる時もあるの。……でも、あとになって考えなおすのよ。この不幸や泪には決して意味がなくはないって、必ず大きな意味があるって……」

『わたしが・棄てた・女』（小説）

自分の素顔を見つめるのはやはり苦しいものです。なぜならそれは美しい顔、素晴らしい顔、化粧した顔、飾った顔ではないからです。

†

「わたくしの心のなかにはとても残忍なものがあります。三歳の子供をむかし交通事故で亡くしてから、子宝に恵まれていません。だから道で、どこかの母親につれられた子供や、子供をつれた母親のしあわせな満足な姿を見ると、憎らしいんです。その子が私の子のように死ねばいいと、あの母親がおなじ苦しみを味わえばいいと願っている自分に気づき、ハッとするんです。そんな自分が鬼のように思えますが、その気持はどうにもなりません」

私はそのような意味の手紙をもらったことがあります。

しかしその時、私は彼女を軽蔑する気持などは毛頭ありませんでした。もちろん残忍な女性だとも思いませんでした。むしろ、私は彼女を人間的な人だと考えそうした自分の抑えつけている素顔を見つけたことを悦び、こう思ったのを憶えています。

「そこから、本当の宗教や倫理がはじまるんだ」

そう思ったからこそ、私は彼女に激励の返事を書きました。

「あなたのその気持は、世間的な道徳心などではとても処理できぬものだと私は考えます。世間の道徳などは人間にとって表面的なもので、時代や環境によって変るものなのですから（戦前と戦後とを比べてください）。そんな道徳よりもっと深い、もっと充実したX《エックス》でなければ、あなたの子を亡くした辛さや子供を持った他の母への嫉妬や憎しみを消滅できないでしょう。いや、ひょっとするとその感情はあなたの一生につきまとうかもしれません。しかし、Xはそれを認め、それを許してくれるでしょう。そのXを、一生かかってお見つけください。それは人それぞれによって名前はちがうでしょう（たとえば私個人にとっては、それは同伴者イエスでした）。必ずあなたにとって『有る』ものなのです。それを見つけることが、あなたの一生の宿題になっても、いいではありませんか」

『ひとりを愛し続ける本』（エッセイ）

†

恐れてはいけない。しかし畏れるべし。

『らくらく人間学』（エッセイ）

[病・老い・死]

人生の廃物利用のコツ

病気を利用して何かトクすることはできないか

私は病身だったので病気を随分、利用した。負け惜しみではなく病気を骨までしゃぶって、私の人生の三分の一は自分の病気を利用することにあったと言っていい。かなりのトクをしたと思っている（トクとは決して物質的なことだけではない。精神的なものでもある）。そしてそれからどんなことでも人生に起るもので利用できぬものはないと思うようになっている。人生の廃物利用のコツを多少は会得したつもりである。

『生き上手　死に上手』（エッセイ）

†

自分のまずしい経験から、ぼくは今、長い病床で憂鬱《ゆううつ》になり不安にかられている人に、次のことを奨《すす》める。それはぼくが病床中いつも嚙みしめた言葉だが、アランの本の中に「人間は怒ることによって手をあげるというよりは、手をあげることによって怒りが倍加する」という意味の言葉がある。つまり動作が人間の感情を引き起すということだ。だから長い病床にある人は、気持が暗くても暗くなっていてはどうにもならぬ。まず笑ってみるのだ。何もなくても笑うマネをしてみるのである。あるいは気分があかるくなるような行為や、笑えるような行為を、医師の許すかぎりどんどん自分で行ってみることだ。

『よく学び、よく遊び』（エッセイ）

†

病気という生活上の挫折を三年ちかくたっぷり嚙《か》みしめたおかげで、私は人生や死や人間の苦しみと正面からぶつかることができた。これは小説家にとって苦しいが貴重な勉強と体験だった。少なくともそのおかげで、人間と人生を視《み》る眼《め》が少し変ってきた。今に思うと『沈黙』という私にとって大事な作品はあの生活上の挫折がなければ、心のなかで熟さなかったにちがいない。

『生き上手　死に上手』（エッセイ）

†

三年ちかい入院生活は私にとって留学三カ年に匹敵する勉強となり体験となった。そしてその勉強と体験とを私はかなりに活用できたと思うから、あのマイナスはプラスになったのだ。生活上のマイナスは人生上のプラスと置き換えられたのである。

『生き上手　死に上手』（エッセイ）

†

神仏の智慧《ちえ》は我々の知をはるかに超えている。我々が「かくあれかし」と思っている以上に善いことが、「かくあれかし」の非実現によってもたらされるかもしれぬ。私はむかし長い病気をして三回の手術をうけたが、今となってみると、その病気が私に与えてくれたものは計りしれぬほど大きかった。生意気な言いかたを許してもらえるならば、私は病気があってよかったとさえ、今では考えている。

『生き上手　死に上手』（エッセイ）

†

ひとつは病気の時でも不幸な時でも、これを「利用して何とかトクをすることはあるまいか」と考えることである。ふたつ目は病気や不幸をユーモアにしてしまうやり方を考えることである。

『生き上手　死に上手』（エッセイ）

†

病室の窓から大きな欅《けやき》の木が見えた。私は自分の弱い体を思うと、樹齢百年ぐらいのその木が羨《うらや》ましくてならなかった。

手術までの二カ月、毎日、その木に話しかけた。「君の長い命の力を手術の時、少しわけてくれないかな」とたのんだのをおぼえている。そして手術は成功し、以来、心のどこかに人間と植物には何か眼にみえぬ対等の交流がありうるのではないかという気持が残った。

『変るものと変らないもの』（エッセイ）

†

医学とは学問のために存在するのではなく、患者のために存在するのであり、医学は科学であるが、しかし他の科学とちがって人間の苦しみととりくむゆえに人間がそこに裏うちされる人間学でなければならぬ。患者の苦しみ、患者の孤独や不安を無視して本当の医学はない筈《はず》である。

『春は馬車に乗って』（エッセイ）

†

療養後半になると口惜しさを感ずる気力がなくなり、このまま人生が終るのかとか、この体では退院してもとても長くは生きられぬという気持のほうがつよくなっていった。せめて、ただ一つだけ、いいものを書いてから死にたいなどと病床で本気に思っていた。寝てもさめても次に書く小説のことばかり考えた。もちろん何を書くかは漠然としていたけれども、自分が書くであろうことのテーマが夜半の病室でもおのずと浮びあがり、闇《やみ》のなかでそれを凝視している感じだった。

これが私の三十代後半における病気への姿勢である。今、思うと私は病気してよかったとさえ考えている。病気したおかげで小説家として人生のあるものに触れたからである。そのあるものとは勿論《もちろん》、そのもののおかげで後半の自分の文学にある光が与えられたように思う。

『ほんとうの私を求めて』（エッセイ）

†

ガンのみならず、ぼくはすべての成人病というのは、やっぱりその人の人生を出すと思います。

『「深い河」をさぐる』（対談）

苦しみを分かち合うということ

医師や看護婦さんの患者にたいする姿勢や心くばりが病人の恢復上、どれほど大事であり有効かを私自身の体験からお伝えしたかったからである。言いかえるならば私がその病院で受けたような医療者側の温かさは多くの患者にとって薬や手術と同じくらいの大事な治療方法であると私は言いたいのである。

『生き上手　死に上手』（エッセイ）

†

私が今でも病院に心惹《ひ》かれるのは、あそこでは人間が社会的な飾りを棄《す》てて、むきだしに病気と闘わなければならぬからである。社長も政治家もここではパジャマと寝巻姿にさせられる。どんな社会的特権も病気という現実の前には通用しなくなる。手術はだれにだって痛いし、注射はだれだって嫌だ。そして苦しさや死の恐怖は金をつかんでも、権力を使ってもどうにもならぬ相手なのである。

『落第坊主の履歴書』（エッセイ）

†

私はなぜか病院が好きだ。夜、一人で病院のそばに行き、病室の窓にともる灯をじっと見つめていることがよくある。灯のうるむ病室のなかで、一人一人が病に苦しみ、恢復《かいふく》に悦《よろこ》んでいる。病室のなかで人々が日常生活では考えられなかった人生や死の不安と向きあっている。日本人の多くが、自分の死のことをはじめて考え、自分の人生のことをはじめて考えるのは病院なのではないか。もしそうなら、病院こそ新しい教会であり本当の人間関係が考えられねばならぬ場所なのだろう。

『春は馬車に乗って』（エッセイ）

†

病人の憂鬱な心理のなかには自己中心的な孤立感が裏打ちになっているということだ。つまり彼はいつも、こうどこかで思っているのである。「ああ、他の人たちは健康でピンピンはねまわっているのに、自分だけがなぜ病苦に苦しまねばならぬのだろう」という感情である。この自分だけがという錯覚はふしぎなことだが、どの患者の心理にもひそんでいるようにぼくには思えた。長期の病人は自分を他の同じ病人と比較するよりは、「病気でない」人間と比較するものだ。病気でない状態は、彼らにとってすべてのまぶしい幸福の根源のようにみえるからである。

『よく学び、よく遊び』（エッセイ）

†

患者の心理は敏感である。彼は病気の治療だけでなく、心の不安や孤独を慰めてくれるものに鋭敏になっている。わずかな医師の言葉や仕草のなかにも、彼はこの医師が自分の心の不安や生活の心配までわかってくれているか、それとも病気だけしか関心がないかを微妙に嗅《か》ぎわけるだろう。

だから私は医学は科学の一つではあるが、たんなる科学ではないと思っている。医学とは臨床に関する限り、人間を相手にする人間学でもあるのだ。医学という学を通してはいるが、医師と患者とには人間関係があるのだということを絶対に忘れないでほしい。そしてその人間関係は医師と一人の苦しむ者との関係であるから、愛が基調にあってほしいと思うのは私だけではないだろう。

『春は馬車に乗って』（エッセイ）

†

夕陽のさしこまぬ影に椅子をもち出して本を読んでいた私はふと眼をあげた時一つのあまりに切ない光景をそこに見た。男の若い妻君がこちらに背をむけて、病人の上に覆いかぶさるようになりながら、夫の手を握りしめているのである。

その時、私の心には今日、掃除婦の老婆からきいた話が突然うかびあがってきた。「今日ね、先生があの奥さんにもう御主人は駄目だって言ったんでねえ」

私はもちろんこの若い妻君がその秘密を自分だけの胸にひめて夫にはかくしていることは想像できた。それだけに眼にはみえなくても今彼女の唇がどのように震えているかがわかったのである。いや、夏の黄昏の暑くるしい陽をうけた彼女の小さな背中はまるで一つの顔のように苦しみをはっきりあらわしていた。私は人間の背中がこのように一つの苦しみを表現している場面をこれほど見せつけられたことはなかった。

だがそれ以上に私の心を強く衝《つ》いたのは彼女が夫の手を固く握りしめていたことである。夫の手を握りしめることによって彼女が死をあと数日にひかえた彼の苦悩を共に背負おうとしていたことである。

死というどうにも抗うことのできぬ現実の運命の前に、今この夫婦が出あっている。どんなに二人が結びつこうとしても死は容赦なく彼等を数日のちには引きはなすのだ。私はそこに人間の肉体のもつ限界と、人間の愛情のもつ限界を見せつけられた。

もちろん、二人の片一方が死んだとしても、愛が死に勝つという人もいるだろう。しかし私はこういう現実にさらされるとやはり、夫婦の愛が死に勝つと全面的に言いきることはできなかった。男だって死にたくないだろうし、若い妻君はなおさら夫を死なせたくはないであろう。これは愛情の具体的な事実である。だがそういう希望や願望を死がふみにじる以上、愛は死に勝ってはいないのである。私はああ、こういう場合には愛しあっている者もたがいに手を握りあう以外、死に抵抗できないのかと哀しく思いながら眼を伏せた。

『聖書のなかの女性たち』（エッセイ）

†

ぼくは病気の夜の寂しさを思いだします。窓のむこうには遠くパリの街の灯がまたたいていました。今まで当然のことのように思って過していたある街のなかでの生活がどんなに幸福の象徴のように見えたでしょう。自分は恢復してもあの幸福の十分の一でもいい、それ以上は何も望まぬからただ治りたいと幾度、考えたことでしょう。人生や死の意味を眠られぬままに空《むな》しく闇のなかで懸命に考えたこと、他人からこの不安を理解してもらえぬ辛さ。家族のこと。愛する者のこと。自分が我儘《わがまま》だったこと。

やがて少しずつ夜が白みはじめる。一番電車のかすかな響きがきこえる。牛乳配達の車が路を通りすぎる。貴方は今日もまた、昨日や一昨日と同じように始まっていくのだと考える。

貴方はぼくが今、書いたこれらすべてを毎夜、きっと味わっていらっしゃるにちがいない。だがもし、眠れぬままに心がどうしても弱くなって辛い時は——次のことをお考えになってごらんなさい。(ぼくも病院の中でそんな時考えたのです) みじめで孤独なのは自分一人だけではないのだと。夜、体の苦しさと心の不安で眠れない病人が幾百、幾千の病室で体を横たえているのだと、貴方の寂しさはたとえ健康な人には理解されなくとも、この人たちはきっと知っているのです。つまり、貴方は同じ夜、同じ時刻、彼等と同じ苦しみを通じて結ばれているのです。貴方は決して一人ぼっちではない……。

『聖書のなかの女性たち』(エッセイ)

老いる時には老いるがよし

自分が老いてみて思うのだが、老いにもある利点がある。若いころには潜在していてまだ顕《あら》われなかった感覚が動きはじめることだ。　　『生き上手　死に上手』（エッセイ）

†

その人も老いたのなら、こちらもまた老いたのである。老いるということはまた、人生の寂しさを嚙《か》みしめることができるようになったことでもある。　　『生き上手　死に上手』（エッセイ）

†

「老い」とは、こうした眼《め》にはすぐには見えぬもの、耳にはすぐに聞えぬもの、言語では表現できぬものに心かたむいていく年齢だという気がする。『生き上手　死に上手』（エッセイ）

†

私は老人は自分の「老い」を「老い」として受けいれ、その上での生き方を考えるべきだと思っている。

良寛の言葉に、「死ぬ時は死ぬがよし」という名言があるが、それに倣《なら》って「老いる時は老いるがよし」という言葉を私は老人に贈りたい。

『心の砂時計』(エッセイ)

†

長寿であることは幸福であることか――私は老人を見るたびに考えこんでしまう。老人には若い者のわからぬ孤独感や寂しさがにじんでいる。あの孤独感に耐えながら生きつづけるのは倖《しあわ》せなのか、私には確信をもって言えない。

『変るものと変らぬもの』(エッセイ)

†

長寿を望むからには、それなりの覚悟をしなければならない。老いることはスバラしいことだ、という一面と共に、醜く、辛く、孤独で悲しい面も背負わねばならぬのである。そのマイナスの面は若年時代、壮年時代には決してわからなかったものなのだ。

『狐狸庵閑談』(エッセイ)

†

人間である以上、年とって長い過去をふりかえる時、誰だって人には言えぬ悔恨の思い出が積み重なっているものだ。

『狐狸庵閑談』(エッセイ)

†

日本は老人を「いたわる」だけで活用しようとしない。それは逆に老人を退化させ、ボケさせるものだというのが私の持論である。

日本では多くの人が老人を幼児と同様にみなし、つまり大人より肉体的のみならず、能力的に劣った存在と思っている。そして、これを逆利用することを考えないというのが私の持論である。

『変るものと変らぬもの』（エッセイ）

†

老年というのはふしぎなもので若い折の肉体や壮年時代の知性はたしかに衰えていくが、ある種の触覚・感覚だけはとぎすまされていく。そのとぎすまされていく感覚をシュタイナーは次なる世界への媒介感覚といった。

『生き上手　死に上手』（エッセイ）

†

「老い」はこの「もうひとつの世界」にたいし青年時代や壮年時代には持てなかった敏感さを私に与えている。それをおそらく老いの迷いと嗤《わら》う人も多いだろうが、私としてはどうしても追いつづけていきたいテーマなのである。私たち人間を包んでいる大きなもの、大きな世界。その大きな世界が我々の日常に囁《ささや》きかけているかすかな声。それに耳傾けるのが老年だと思うようになっている。

『生き上手　死に上手』（エッセイ）

†

年をとるというのは澄んだ、迷いのない世界ではなかったのです。逆に妄想や不安にみちたものでした。

『生き上手　死に上手』（エッセイ）

年をとるということは、美しいどころか、妄想にみち、辛《つら》く、悲しいものだというのが、私の偽らざる気持です。

『生き上手　死に上手』（エッセイ）

†

現代日本ではもう役にもたたぬ老人を持てあましているのだ。それは今の日本では人間の価値を考えるのに「いかに役にたつか、たたないか」の尺度をもってしているからだ。役にたつものは会社でも社会でも善、役にたたぬものは無用。現代日本の人間観はこの機能主義に変ってしまい、最近ますます強くなっている。

『生き上手　死に上手』（エッセイ）

†

年をとったことの功徳

死期がちかづいた時、人間はどう考えるのだろう。老人の孤独とは、もう引きかえせないことだろうか。もとの道まで戻り、もう一度、歩きなおすことが出来ないことだ。人は二回、人生をやれないということを、この年齢ほど実感する時はきっとないのだろうな。彼は自分のうしろに沢山の残骸《ざんがい》を引きずりながらここまでくる。しかしその残骸にふたたび生命をとり戻してやることはできぬ。彼は人生を償うだけの時間さえ、もう与えられてない。

『影法師』(小説)

†

老人問題を専門に研究している、奥川幸子さんという美しく若いソシアル・ワーカーがいる。彼女は私たち「樹座」の一員なので、たびたび老人問題についての話をきくが、ある日、ポツリとこういうことを言った。

「身辺雑事の苦労をすべて取り除いて、あまり楽にしてあげると、老人は必ずしも倖せじゃないかもしれないわ」

「なぜ……」

「そうすると、老人は死の恐怖と向きあう以外になくなってしまうの。身辺雑事の苦労は、老人が死と向きあうのを誤魔化してくれるものなの」

彼女のこの言葉は、やはり現場で働いているものだけがわかる人間観察を秘めている。なるほど老人から身辺雑事のすべてを取り除いてやると——もう考えることは迫りくる死への恐怖や寂しさだけである。これは脱《のが》れることのできぬものゆえに、若い者には想像もできぬような寂寥感であろう。家族に実によくしてもらっている老人が、それなのに「寂しい」「寂しい」と言うことがよくあるが、それは死の迫った老人だけの、何とも言えぬ寂寥感、孤独感なのだ。

「こんなによくしているのに、何が寂しいんだろう」

と家族はそれを老人の我儘だと思う。しかし、そうではないのだ。

奥川さんはそのことを言っているのである。老人には少しばかり苦労をさせたほうがいい。それが嫁との喧嘩でも、苦労は人間を熱中させる。熱中は死の寂しさを一時でも忘れさせてくれるものなのだ。

『足のむくまま気のむくまま』（エッセイ）

†

老齢とは共にこの人生を過した友や配偶者を今日に一人、明日に一人と失っていることである。そして自分だけがとり残され、ポツンと孤独になることであろう。

『変るものと変らぬもの』（エッセイ）

†

老いるということが、こんなものだとはぼくは知らなかった。若い頃《ころ》、君たちと目黒で語りあっていた時も、壮年時代も心には楽観的なものがあって、ぼくは老年になればたどりついた丘陵の上から午後のやわらかな陽《ひ》のさす平原を静かに見おろせるのだと思っていた。少なくとも自分の人生や文学が確信に似たものを与えてくれると考えていた。

しかしこの冬、死の跫音《あしおと》を少しずつ聴くようになると、老いがどういうものかをはっきりと知った。老いとは不惑でも澄みきったものでも円熟でもなく、少なくともぼくには醜悪で悪夢のようなイメージであらわれてきた。死を前にしているから誤魔化しがきかず、逃げ場所がないものだった。

老いて、ぼくの知らなかった自分が少しずつむき出しになるのを見た。知らなかった自分は夢のなかに出現し、幻覚のなかにあらわれ、君が心配してくれたぼくの贋者となって——いや、もう一人のぼく自身になって生きはじめた。それは妻にも言えぬような醜悪そのもののぼくの生き霊《いりよう》で……決して君があの授賞式の時、語ってくれたような立派なイメージではなかった。

青年の時には人間は肉体で生きる、壮年の時は智恵《ちえ》で生きる、老年とは次の世界に行くための心そのもので生きるとむかし何かで読んだことがある。老いれば老いるほど心は次の世界の投影に敏感になるのだと言うが、今のぼくに展《ひろ》げられたこの醜悪の色の世界も次の世界に行くための通過儀礼であり準備なのだろうか。醜悪世界は、何を教えようとしているのだろうか。それがまったくわからないのだ。ただぼくのかすかな希望は、その醜悪世界をも光が包んでくれるのではないかということだ。

『スキャンダル』（小説）

†

どんなに精神の立派な人も生理に負ける時がある。かつて、毎日、痔で出血している人の人生観はどうしても暗くなりがちだと本で読み、人間の生理が精神をそこまで支配するのかと怒りさえ感じたことがある。

そして老人の悲劇は、肉体の老いという生理が彼（彼女）の精神を腐食させ混乱させ、妄想、耄碌《もうろく》、孤独感を与え、外形だけでなく、その老人の心まで醜くさせてしまうことだ。

『足のむくまま気のむくまま』（エッセイ）

†

年とったことの功徳はいくつもある。

㈠たいていのことを許せるようになる。自分も長い過去の間に愚行や過ちを数多く重ねているので、他人が同じことを犯しても「やはり」という気持がどこかに起きるのだ。俺も昔は同じだったんだからという思いで、相手を批判したり非難できなくなる。

もっとも礼儀上、怒った顔はするが、それは本気ではない。

㈡生きる上で本当に価値のあるものとむなしいものとの区別がおのずとできてくる。若い頃や壮年の頃にはどうしても目先に眼がくらみ、おのれの出世、生活に役だつものに心奪われがちなのは当然だが、次々と友人、知人たちがこの世を去り、生きることのはかなさを身にしみて感じだすと、表面的な華やかさでなくて、本当に自分に大事だったことが何だったかが察知されるようになる。

私はこの頃、いささか老年を享受する心境が僅《わず》かながら持てるようになった。つまりこれを最大限に利用、活用して、楽しみを大いに楽しみ、労力のかかることは御免いただき、そしてまあ、この社会のなかで皆に嫌われない老人の役割を演じることを考えだしたのである。

若い頃には敬遠していた漢詩や仏教の本を少しは理解できるようになったのも老年のおかげである。

モンテーニュの本なども久しぶりに開いてみると、若い頃とは違った味をそこから発見できるのも老年のおかげである。　　　　『心の砂時計』（エッセイ）

†

年をとるにしたがい、私は人間の奥行きやふしぎさを、たんにそれが合理主義的でない、客観性に欠けているという理由だけで、思考から排除してしまう今風の考え方が次第に嫌になってきた。

私の愛用した品々に——たとえば私の文房具、眼鏡、原稿用紙に——それにたいする私の愛着や思いがいつまでもしみこんでいると思ったほうが、生きているうえでどんなに深味があるかわからない。

愛していた死者が使っていた物品にも彼等の執着や人生の一片がしみついていると思ったほうが、それを冷たく拒絶する合理主義よりも、どんなに暖か味があるか、わからない。

私は尊敬する作家や詩人の草稿を幾つか持っている。改めてその草稿を見ると、そこには彼等のただならぬ苦心や魂の投影がいまだに息づいていると思うようになった。

『心の航海図』（エッセイ）

†

年齢をとるにつれ私は人間の性善説と共に性悪説をも同時に信じるようになった。善なる部分が出るのも、悪なる部分があらわれるのも、もちろん各自の性格や環境や考えかたによるだろうが、結局は人間は氷の上を渡るように「もろい」危険性を持っているのだ。

『心の航海図』（エッセイ）

死は公平である

死は公平だ。どんな人にも公平にやってくるからだ。　『生き上手　死に上手』（エッセイ）

†

君は長生きしたいかと聞かれることがあります。人間だれでも長生きしたいですよ。私もしたい。しかし、いつまでもいつまでも生きていたいかといわれると、ちょっと考えてしまいますね。百五十歳まで生きると考えると、面倒臭い気もします。面倒臭いのはこの私が本当は気を使うたちだからです。私が長生きしたいというのは八十歳、せいぜい八十五歳ですね。それだけ生きたら天寿を全うしたことですよ。

今、男の平均寿命が八十歳とします。それでは八十歳が天寿かというと、そうでもない。天寿とは何歳までということはない。平均寿命はまだ延びるかもしれません。

『死について考える』（エッセイ）

†

死はまったく不意にやってくる。

『変るものと変らぬもの』（エッセイ）

†

日本人は古来、死にさいして見苦しくしてはならぬという信念を持ち、美しく死ねることを願ったが、基督《キリスト》教のイエスは十字架で死の苦しみを赤裸々に人間にみせてくれた。今の私には見苦しく死のうが、見苦しくなく死のうが、そんなことは神からみれば大したちがいはない、という気持がある。

『生き上手　死に上手』（エッセイ）

†

死に支度をいたせ、いたせと桜かな、という一茶の句にはやはり散る桜におのれの死を考え、その準備をしようと思う一茶の気持があらわれている。

死ぬ時は死ぬがよろし、と日本の聖者は言った。これも好きな言葉である。願わくはそのような気持で死を受容できたら、どんなに良いであろう。

知人や友人の死去を知るたびに、私は今、書いたような気持をくりかえし、くりかえし味わうのだが、しかし「死ぬ時は死ぬがよし」にはまだまだ程遠い。

そのような大悟は自分を宇宙のなかの一生命と見て、宇宙のリズムに素直に従おうという心だろうが、その素直さが私には欠けている。

そのくせ死のことはいつも頭のどこかにあるらしく、夜半眼《め》をさました時など、自分が息を引きとる光景などを漠然と想像したりする。しかし、そんなことを前もって不安がるよりも、その時が来たらその時、考えればいいではないかと教えてくれた友人もいる。「明日を思いわずらうなかれ。今日のことは今日にて足れり」という心境であろう。

「ああ、生きていてよかった」と自分の人生を肯定し、そのような人生を与えてくれた天なり神なりに「有難うございました」といって息を引きとれたら、どんなに倖《しあわ》せだろう。

『生き上手　死に上手』（エッセイ）

†

河は相変らず黙々と流れている。河は、やがて灰となって自分のなかにまき散らされる遺体にも、頭を抱くようにして身じろがぬ遺族の男たちにも無関心だった。ここでは死が自然の一つであることが顕然として感じられるのだった。

『深い河』（小説）

†

美しく死のうが、見苦しく死のうが、神や仏は人間の心の底の底まで御存知で、それを受けとめてくださるわけだから「すべてを委《ゆだ》ねる」つもりでジタバタしてもいいではないのか。

『変るものと変らぬもの』（エッセイ）

†

それぞれ人間は寿命がつきた時に死ぬのが昔の医学の原則だった。

しかし、今は寿命がつきても、まだ人工的に生かす医学に変ってきた。

どちらを選ぶかは、それぞれの患者の人生観によるだろう。自分の死にかたは自分で選ぶ権利がある。

『変るものと変らぬもの』（エッセイ）

イエスの心に重ねあわせて

私もやがて死にますが、その時、私は悟りを開くことはできないだろうし、また、自分の死に対する恐怖のあまり、極楽の姿を思い浮かべて、それで自分の心をごまかすことのできるほど頭が鈍くなるとは思えません。それでは、どうしたらいいか。私はやはりその時、イエスの死のことを考えるでしょう。イエスもあれだけ死に対して苦しみ、イエスもあれだけ死を恐れていたのだ。これらのことは聖書に書かれておりますが、私はそれを頭に描き、考えるでしょう。そして、イエスに自分を重ねあわせようとするでしょう。イエスはそれを切り抜けたのだから、私の心を彼の心に重ねあわせようという気持が、私のその時の一つの支えになるような気がするのです。

『私にとって神とは』（エッセイ）

†

死顔にはまだ死の苦悶《くもん》がかすかに残っている。しかし死の苦悶と共に、何ものも侵すことのできぬ神秘な静謐《せいひつ》さもまたどこかに漂っているのだ。そのためか角度を変えて見ると、死顔は自らの死に満足して微笑んでいるようだ。やっとこの苦患《くげん》の人生から解放されたという満足感らしいものさえ感じられる。またその微笑のようなものには生きているものがまだ知りえない別の世界に彼だけが今、触れているという誇らしげなものもあるように思われる。

本当の死顔ではなく、死顔から作ったデス・マスクを時折、見ることがあるが、その時も私は今、書いたような印象を受ける。デス・マスクは他のいかなる面《マスク》よりも日本の能面を連想させると思うのは私一人だろうか。けれども死顔にあらわれるあの侵しがたい神秘な静謐さを思い出すたび、私はそれが何処《どこ》から来るのか、それは一体、何なのかを考えてしまう。ひょっとすると死顔はその人の人生のさまざまな埃《ほこり》――つまり我々がその人らしいと思っていた表情をすっかり捨て去って、本当の彼だったものを露呈しているのではないだろうか。我々は人生のさまざまな埃にまどわされてそれが彼だと錯覚していたが、その底には彼が無意識のうちに願っていたものが息を引きとった瞬間、にじみ出てくるのだろうか――そんな気がしてならないのだ。しかしそれにあまりに捉《とら》われていれば、我々は人間は書けない。と言ってあの死顔にあらわれる静謐さを無視しては人生は考えられない。

『春は馬車に乗って』(エッセイ)

†

朝がた、番人が筵《むしろ》で神父の死体を包み、運び去った。筵から出た彼の手足は針金のように痩せほそり、垢《あか》にまみれ、泥がこびりついていた。それをルイス笹田と目撃した時、天啓のように私にひらめくものがあった。これが地上の現実なのだ。地上の現実は、いかに誤魔化そうが、美化しようが、垢にまみれ、泥がこびりついたバスケス神父の死体のように悲惨なものなのだ。そして主はその悲惨な現実をお避けにならなかった。主もまた汗と垢だらけのまま死に給うたからだ。そしてその死によってその地上の現実に突如、光を与えられた。

今にして思えば私のすべての挫折は、主がこの現実を私に直視させるためにお与えになったような気さえする。私の自惚《うぬぼれ》、私の自尊心、私の傲岸《ごうがん》、私の征服欲がいつの間にか美化していたものを粉砕して、地上の本当の姿を見させるためにあったような気さえする。だが主の死がその現実を光で貫いたように、私の死がやがて日本を貫くために……。『侍』（小説）

†

十九世紀までの恐怖的政治や拷問は、むしろ衝動的、動物的なものである。血にうえた者、怒りや恐怖にくるったものが、その衝動にかられて敵を拷問し、殺害する。この原始的なやりかたは宗教裁判やフランス革命にみられる通りである。

しかし、ナチはもっと近代的、二十世紀的だった。人間を弱者とし、奴隷《どれい》とする方法をつめたく、論理的に心得ている。おなじ拷問、おなじ虐殺でも、そこにはモルモットを殺す医師のような非情さ、強さがある。

たとえば、ポーランドの収容所では捕虜たちに塩分を与えなかったという事実がそれだ。烈しい強制労働につかれた人間が塩を摂《と》らねば、次第に衰弱していく、やがては疲労死をする。疲労死はおもてむき虐殺ではなく国際法上病死と宣言することができる。のみならず、この方法は一挙に大量の人間を死亡せしめるのに手間どらない。

私が見た「狩り込み《ラフル》」はもっとも熟慮されていたのだ。無実の市民たちは、狩り込みの日に、偶然、外出したため、偶然、その路を、その時刻に通り過ぎたため、死の犠牲者とならねばならない。偶然が彼等に死をもたらすという事実は、なににもまして恐怖を拡がらせる。ある生死をきめる法律規則が定まっているならば、人は、自分の運命をその法律、規則に順《じゅん》応《のう》させて救うことができる。しかし、偶然だけには、どうにも、たちむかうことはできぬ。

『白い人・黄色い人』(小説)

†

どういう形で自分の死を選ぶかは人々それぞれの自由であるから、私は日本における死なせかたが悪いとは言うまい。しかし医学治療がひたすら肉体の疾患の治療だけに集中して、患者の心の孤独感や心の苦しみなどをあまり考えぬ日本の病院の姿はやはり今後、変っていってほしいと思わざるをえないのだ。

『変るものと変らぬもの』(エッセイ)

†

今までの西欧医学は人間の生理的な肉体面だけを対象にして育ってきた。我々人間には肉体だけではなく意識もあるということを医学はまったく無視してきた。

だから医学は肉体の死だけがすべての終りという観点から、その終末を一日でも一時間でも人工的に延長しようとするようになった。だがあの延命医学には何ともいえぬ空しさと無理とがともなう。それが感じられてならないのは私一人だけだろうか。

『変るものと変らぬもの』（エッセイ）

†

老いとか死とかからは、私たちはのがれるわけにはいかない。これほど確実なものはない。夜中に、目覚めた時、死をどのように迎えるかということを考え込んでしまうんですけど、他人にはそれを見せるのは失礼ですから、昼間は陽気を装います。

忙しい仕事の合間にも「樹座《きざ》」という劇団を作って芝居やダンスをやったり碁をうったり、下手なパステル画を描いたり、できるだけ汚らしい夜の顔を見せないようにしているわけです。しかしこれは誰でも同じでしょう。年をとってもよくゴルフに出掛けている人なんかも、どこかに私と同じような気持ちがあるんじゃないでしょうか。

ゴルフをする老人とか、私のように「樹座」で芝居をしたり、ダンスをしたりして、老人として労《いたわ》られたりしないで、できるだけ楽しげにふるまって、元気あるなあとみんなから見られるようにしているけれど、それはまあ世間への外づらで、本音の内づらでは、死ぬ時は苦しまないで死にたいとか、安楽死というのはどうするんだろうとか、節制をすれば痛くなくて死ねるのかなどと、皆いろいろ考えているのだと思います。

『死について考える』（エッセイ）

［人間・性格・縁］

あなたの他にもう一人のあなたがいる

人間は素晴らしいが怖《おそ》ろしいものである

人間は本来、他人を信じてこそ、幸福になるのである。

『変るものと変らぬもの』(エッセイ)

†

人間はやはり信じられぬ。人間は自己の肉体の苦痛の前にはやはり、すべての人類への友情、信義をも裏切る弱い、もろい存在である。

『白い人・黄色い人』(小説)

†

人間は素晴らしいものである。と同時に人間は怖《おそ》ろしいものである。

『変るものと変らぬもの』(エッセイ)

†

人間が権力を持つとどれだけ横暴になり我儘になるかはヒットラーやスターリンを見るまでもない。

『心の航海図』(エッセイ)

人間の精神の価値が今日ほど賤《いやし》められている時代はなく、人間を計るに機能と金とを以《もつ》てすることが今日ほど強い時代はない。

†

『生き上手　死に上手』（エッセイ）

この世には何十回あっても、相手の存在が自らの人生に何の痕跡《こんせき》も与えぬ人がいる。その一方、たった一回の邂逅《かいこう》が決定的な運命をもたらす相手もいる。

†

『生き上手　死に上手』（エッセイ）

精神分析学の進歩はわれわれ小説家にも、人間の心がたやすく分析できるほど単純ではないことを教えた。われわれの心の中は、ほの暗い深海のように、光もさしこまぬほど混沌《こんとん》としていることを教えた。

ある日、突然、便所で排便をしようとしてしゃがんだ中年男が、それっきり足が動かなくなった。医者もその原因をつかもうとしたが、体や神経には異常がない。だが、忍耐強い精神医の分析で、この男は昔、同じようにしゃがんだ中国の捕虜を上官命令で刺殺したことがあり、その苦しい記憶が当人の意識下で自己懲罰を要求し、このような結果になったことがわかった。

人間の心は、だからさまざまのものが絡みあい、混沌とした泥沼《どろぬま》のようなものなのだ。合理主義の分析ではその表面しか摑《つか》めない、深い沈殿物を持っているものだ。「わたしにはあの人の心がわかる」とわれわれは軽々しくそう思い、他人を自らの浅はかな眼《め》で規定しようとする。しかし一人の人間に、もう一人の人間の心の底が本当にわかるのだろうか。長年連れそった夫婦でさえ、ある時、ある瞬間、相手の心を測りかね、相手の中に自分の知らぬ別の男、別の女を見て愕然《がくぜん》とすることがある。

だからこそ、われわれは人間にたいして傲岸《ごうがん》になってはならぬと思う。人間がわかる、他人がわかると軽薄に思いこむべきではないと思う。むしろ、人間の心の深さ、心の深遠に脱帽すべきなのである。

他人がわかると思い、その人を軽々しく裁いたり、罰したりできる者こそ、「人間を知る」地点からもっとも遠い。

そして本当の小説家とは、しだいに人を裁いたり罰したりできなくなった者だと、近ごろつくづく考えるのである。

『お茶を飲みながら』（エッセイ）

†

先生もそう言っていたわ。あとで三人で話しあった時、なぜ醜いものにわたし、刺激されるのかとたずねたの。先生は、それは人間の心の底にかくれている理屈にあわぬ謎《なぞ》だって。辻褄《つじつま》のあう考えでは、人間は美しいものに悦《よろこ》びを感じると言うけれど、本当は人間って、醜いものにも美をみつけ、陶酔することができるって、ねえ。

『スキャンダル』（小説）

ぼくはね、この仕事をやっているうち、人間って理屈にあった解釈などとてもできぬ、実に奇怪でふしぎなものだ、と思うようになってきたんだ。矛盾だらけで、底知れぬほど深い層があって……探っても探りつくせぬ……君たちにはたとえ奇々怪々にみえても、今ぼくの話したことはみな事実だよ。人間には何でも起こるんだ。それがやっと我々学者にもわかったんだ。

『スキャンダル』（小説）

†

人間の内部のことを考えると、それがあまりに混沌《こんとん》としていると同時に、あまりに神秘的な気がする。それは底知れぬ海の底のようなイメージを私に与える。光も届かぬ深海の底には、いったい何があるのか、わからない。あの感じに似ているのだ。

その光も届かぬ底知れぬ世界がアームなのであろう。私は三文文士だから人間を書くことを商売としてはいるが、人間がつかめるとは一度も考えたことはない。

どんな小説を読んでも、これが人間をすべてとらえていると思ったこともない。小説が書く以上に、小説など及びもつかぬほど人間の内部はふかいという気持ちがいつもある。そこに手の届くのは宗教だけだという気持ちもある。

『お茶を飲みながら』（エッセイ）

†

人間が一瞬だけだが、自分の本当の顔をとり戻す時が、人生にはかならず一度はあるもんだ。それは、ワシらが息を引きとる時。生命の力が次第に失《う》せ、死の翳《かげ》が夕靄《ゆうもや》のように迫ってくるあの瞬間、はじめてワシらの長い人生の間に他人に見せていた仮面が蒸発して、自分だけの顔を夕映えのように浮かびあがらせる。だから、デス・マスクといわれるものは「死顔」ではなく「素顔」と訳すべきかもしれんのだ。

『ぐうたら生活入門』（エッセイ）

†

アイデンティティという言葉がある。「自己認識」というほどの意味だが、この自己を知るというのも人間のなす行為のなかでいちばん、むつかしいものであろう。

『生き上手　死に上手』（エッセイ）

†

神？　神は事実だ。真実と事実の合致したものが神なんだ。だけど二十世紀というのは、本当に事実の証明ばかりじゃないか。人間がこうありたいという魂の欲求、心の求めるものを無視した時代だ。たとえば精神分析なんてのは、意識の分析ばかりで魂の分析をしないから、おもしろくないんだよ。

心理を科学的に分析するだけじゃダメなんで、それを超えなかったら、精神分析学ほど人間を侮辱してバカにしたものはないぞ。人間というものはもっと複雑なもんでしょう。

『ぐうたら社会学』（エッセイ）

自分を教育するコヤシはどこにでもある

バックの権威を自分の力だと思いこみ、これを利用して生きていけば、たしかに生活上はうまく事が運ぶかもしれない。しかし人間としては、あきまへん。そりゃ、会社というのは機能だから、その権威を利用して威張らなければならないときもあります。でもそのとき、心の中で、

「これは俺の実力ではないぞ」

と絶えず言いつづける必要がありますね。

決して威張ったりしてはいけない。

大会社に勤めている若い人で、たとえば黒塗りの車にドーンと乗って訪ねてきて、日本の経済について自分が一流の論客のようにして大威張りでしゃべる人がいる。

そういう姿を見るにつけても、やはりサラリーマンたるもの常に、「これは俺の力なのではないんだぞ」と自分に言いきかせる必要があるでしょう。

『らくらく人間学』（エッセイ）

たしかにその大会社に入ったのは君に力量があったからでしょう。だからといって自分が大会社そのものであるかのように錯覚して人前で振るまったり、それを鼻にかけたりするのは、まことに見苦しいもんだということを憶えておくべきです。

ただ、権威を錯覚するのと、権威を利用するのとは違います。そりゃ仕事をしていれば、利用しなければならないときもあるでしょう。要は、それを自分の力だと錯覚しない智恵を持ちたい。

『らくらく人間学』(エッセイ)

†

遠藤周作という堅い名で私はかなりマジメな小説やエッセイを書いてきた。しかしそれを発表するたびに私は自分が遠藤周作はマジメな面だけではなく、別の面――ふざけた面、人なつっこい面、ふしだらな面、いやらしい面をあまた持ちあわせていることをいつも感じてきた。そして遠藤周作からはみ出したこの多くの面をひっくるめて、いつか私は狐狸庵《こりあん》とよぶようになった。

私はこの狐狸庵という名のおかげでともすれば狭くなりがちな自分の世界を拡《ひろ》げることができた。そして生活の上でも本当にたくさんの友だちをあちこちに持つことができた。遠藤周作の本は読まなくても狐狸庵という別称は知っていて、向うから親しく近よってくれる人が多かったからである。そのおかげで私はこの年齢になるまでかなり楽しく人生を送れたと思う。

だがそれらの友だちと別れ、昼でもカーテンをしめきった小さな仕事部屋に戻り、時計職人のように背を丸めて机に向う時、私は遠藤周作になる。

一体、どちらが本当のあなたなのですかとたびたび人にたずねられた。二つの顔を持った作家と書かれたこともある。そのたびごとに閉口した私は、どっちも私なのですが、と答えると相手からふしぎそうな顔をされた。

しかし、この年齢になって私はやはり二つの名前を持ってよかったと思うようになった。そしてむかし戯れにつけたこの狐狸庵という別名にかなり深い意味を与えるようになった。と言うのは、この年齢になると一面しか持たぬ人間など存在しないことが私にもわかったからである。どんな人間だって二面、いや三面――それ以上に多面的である。フロイト派の先生も深層心理学者たちも、世間や家族にみせている自己のほかに無意識にかくれている自己がどんな人間にもあまたあることをくりかえし、くりかえし言っている。私たちはみな自分の心の奥底に別の自分たちを持っていることはたしかだ。

しかもこの心の奥にかくれた別の自分たちは影法師のように実体のないものではない。いや、それは世間にみせている私たちの外面をひそかに操るほど実力があるのに、正体をみせぬ黒幕であり、黒幕以上にぶきみで得体の知れぬものだからである。

私について言えば遠藤周作ならある程度わかりもし、表現もしてきたつもりである。だがそのかげにあってこの周作を操っている別の自分たちになると、わかっている部分とわかっていない部分とが複雑にまじりあっている。その総体を今の私は狐狸庵とよぶようになった。けだし狐狸のようにわけのわからぬ領域もそこには含まれているからだ。

狐狸庵のなかにはいろいろなチャンネルがある。さきほども書いたようにこの名のおかげで、私は素人劇団をやったり、コーラス団を持てたりして友だちをたくさんつくり、随分と楽しい思いをこの人生でさせてもらった。しかし狐狸庵にはそれ以外のチャンネルがいくつもあって、夜分などうす気味わるい音を出す。それは本当に怖《おそ》ろしいことです。

しかしこれは私一人だけのことではないだろう。読者はここまでお読みになって、御自分も同じことだとお思いになるだろう。

時々、私はこんなことを想像することがある。いつか私が死に、お棺のまわりで通夜の友人たちが私についていろいろと語ったとする。あいつはイイ奴だったとかイヤな奴だったとか、たくさんのその人たちの眼を通した「私」が語られるが——それをじっと聴いている私はやっぱり棺のなかで呟《つぶや》く。

「いや、俺《おれ》はそれだけじゃないぞ。それだけじゃないぞ」

私は別に傲慢《ごうまん》な気持でこんなことを想像しているのではない。このことは私だけではなく、すべての人に当てはまる話なのだからだ。

では家族や親友さえも知らぬ「私」とはいったい何だろうか。正宗白鳥はむかし「誰《だれ》でもそれを他人に知られるくらいなら、死んだほうがいいと思う秘密がある」と書いたが、この「私」とはそんな意識的な秘密をふくめた、もっと深い私なのかもしれない。

そして――

そして、私は自覚的な自分――私ならば遠藤周作――以上に、もっとこのはみ出た自分、それだけではない自分、得体の知れないひそかな自分――狐狸庵のほうが本当は神というものと関係があるような気がしているのである。

『春は馬車に乗って』（エッセイ）

†

「朝、早く、強制労働にむかって出発する時、ごく少数だが、病人の枕元に自分のその日の食糧であるパンをそっと置いていく人がいた」

アウシュヴィッツに収容されたフランクルの体験記『夜と霧』のなかでこの一節を読んだ時、私は人間とはどんな最悪の環境のなかでも人間らしさを見せることができるのだと感じた。私ならとても自分のその日の食糧である一個のパンを、同じ収容所の病人に与える愛は持てそうもない。そして、私はその理由を「だって収容所の生活だぜ」と自己弁解をするだろう。「これを食べねばこの俺《おれ》が参ってしまうんだから」と。しかし少数の人はあえてその愛を敢行したのだ。自分を作ることは結局、自分自身がやることなのだなあ、と私はしみじみ思う。

『お茶を飲みながら』（エッセイ）

†

教育というのは結局——他人からしてもらうことではない。自分が自分にすることである、ということを、戦後の我々は随分、忘れてきたのではないか。

どんな環境におかれても、その環境から何かを吸いあげる人がこの世にいる。たとえば貧しいということはハンディキャップである。しかし、貧しかったゆえに強い意志を自分のなかに作った人を私はたくさん知っている。病身は当人にとって確かにハンディキャップである。しかし、病身であるゆえに他人にも思いやり深い人も私はたくさん知っている。

そういう人たちを見るたびに私は教育とは結局、自分が自分にすることだなあ、と考える。そして、どんな環境にあってもそこから自分を教育するコヤシは見つかるのだなあ、とも思う。更にまた、自分たちの失敗を外部の事情や環境のせいにしがちな戦後の我々は、このことを根本的に頭に叩《たた》きこまねばいけないなあ、とも考える。

『お茶を飲みながら』（エッセイ）

†

本当の自分は確実に捉《とら》えられるか。本当の自分を表現することはできるのか。本当の自分はどこまで語れるのか。自己告白とは必ず嘘の伴うものである。たとえ本人が正確に確実に、ありのままに自分を語ろうとしても、どこかに嘘がまじるものである。あるいは本当の自分だと錯覚しているものの背後に別の自分がいるのである。自分を語るためには自分を整理せねばならぬ。しかしその整理の手つきによって嘘は影のように音もなく忍びこんでくるのだ。

「自分は自分の人生を一番よく知っている。なぜならそれは自分が作ったものだからだ」と多くの人は考えるが本当にそうだろうか。

『春は馬車に乗って』（エッセイ）

†

ひょっとすると「自分は自分の人生がわかっていない。それは自分の気づかぬ大きな力、別な力によって生かされてきた」と思ったほうが、より正確なのではないか。

その別なものとは何か、それに名前をつけるのは各人の自由である。宇宙の命でもいいし、神でもいいし、ひょっとしたら亡き母でもいいのだ。

『変るものと変らぬもの』（エッセイ）

†

我々は事実だけの世界で生きているのではない。いや、むしろ我々は事実を通して事実の中に自分のための真実を探し、それによって生きているのである。

『万華鏡』（エッセイ）

†

人間のひとつの心理は色々な心理が交錯しからみあって成立する。また意識の下には無意識が混合している。

『狐狸庵閑談』（エッセイ）

あなたの他にもう一人のあなたがいる

他人に見せている自分、夫に見せている自分、子供に見せている自分……、良い女房だなあ、良いお母さんだなあ、と言われている以外のあなたというのが、あなたたちの秘密としてそっと隠されています。

「そんなことはありません」

と言う人があったなら、それは子供と同じです。「大人」ということは、いろんなことを抑えている、抑え込んでいる、秘密を持っている、そういったことが一つの条件なのです。言い換えるならば、あなたは、もう一人のあなたを持っている、影法師を持っているのです。

あなたの影、あなたのシャドー(影)が、ひょっとしたらあなたの本当の姿なのかもしれない。少なくともあなたの一部分を形成しているのです。

『あなたの中の秘密のあなた』(エッセイ)

①あなたの他にもう一人のあなたがいる。
②もう一人のあなたの方が表面のあなたを左右しているときがある。
③もう一人のあなたは消そうと思っても消せるものではない。
④もう一人のあなたがあるからこそ、あなたは人間なのです。

『あなたの中の秘密のあなた』（エッセイ）

†

この年齢《とし》になると真夜中、ふと目のさめることが多い。眼をあけて自分の人生をかすめた人たちのことを思いだし、嚙《か》みしめ、恥しさと後悔とのまじった気持に胸しめつけられ、呻《うめ》きにも似たかすかな声を時にはあげることもある。

『ピアノ協奏曲二十一番』（エッセイ）

†

どんな人間の心のなかにもさまざまな音が鳴っています。ひとつの音しか鳴っていない人間なんてまず考えられません。

あなたの胸に手をあてて考えてごらんなさい。あなたの心からキレイな音もキタナイ音もきこえてくる。愛の音もひびけば邪悪な音も鳴っている。

そんなさまざまなあなたの音を全部鳴らすことはゆるされません。しかしこの社会で生きていく以上、あなたは社会生活にさし障りのない音だけをひびかせて生きているでしょう。

そしてさし障りのあるような音は捨てようと努力するか、ひくい音しか鳴らさぬように抑えつけておられるでしょう。

『ほんとうの私を求めて』（エッセイ）

†

皆さんには誰《だれ》にも言えない秘密がありますか。親や兄弟にも言えないような暗い秘密がありますか。

正宗白鳥という作家がこういうことを言っている。人間は、誰でも、それを他人に知られれば死んだほうがましだと思うような暗い秘密を持っているのだと。

その秘密とは煎《せん》じつめてみると、別に人を殺したとか、何かを盗んだとかというような大それたことではない。大それたことではないが、しかし、あなたにとってはたまらなく恥ずかしい、たまらなく他人には知られたくない心の秘密なのです。

（私にはそのような秘密などない）

もし、そういう人があなたたちのなかにおられたなら、私は正直いってその人は鈍感なのではないかと思います。あるいはその人は人生を生きていなかったのではないかとさえ考えます。なぜなら（私の考えでは）人間が誰でも心の底にかくし持っていて、恥ずかしく考えているその秘密の部分に、神というものが働きかけるのだと考えているからです。

『ほんとうの私を求めて』（エッセイ）

†

わたしたちには、世間に対して持っている顔というものがある。世間に対して持っている顔というものは、みんなと調和して生きるためのものであり、みんなを傷つけないための顔であり、社会の道徳に背反しない顔であり、そしてみんなからよく思われるための顔でもあります。

そういう顔を持たなければ、われわれはこの社会で生きていけません。しかし、顔は無理やりつけたお面ではなくて、あなたのどこかから、作りだされたものですから、長年の間に、もはやあなたの一部になっているはずです。そのマスクをつけることは、決してあなた自身に嘘をついているというわけではありません。けれども、その顔があなたのすべての顔だと思うことはできないでしょう。

『あなたの中の秘密のあなた』（エッセイ）

†

「はじめは命令だった。ゲリラが何人も潜伏しているという話でね。兵隊たちもいきり立っていた。戦友が二人も殺されたんだから。しかし二回目は、ぼくや木崎たちの独断でやった」

両手を枕にして彼は眼をつむりました。眼をつむって、その時、女や子供たちを閉じこめた農家を燃やしている音を耳の奥で蘇《よみがえ》らせているようでした。わたくしもその音を知っています。空襲の毎夜、列車が走るようなあの音を何回、耳にしたことでしょう。そしてわたくしは今、彼と一緒にその音を聴いていました。

彼を蔑《さげす》む気持などまったくありませんでした。むしろその時突然、しびれるような感覚がわたくしに襲いかかりました。時には弟のようにさえ見えたこの夫のなかにそうした別の人間が存在していたこと、そしてその矛盾した二つのものが自分の夫をつくりあげていたことを初めて知って、わたくしは衝撃と共に快感を味わったのです。それが人間だと思いました。

『ピアノ協奏曲二十一番』(エッセイ)

†

我々が自分の外づらをどんなに装おうと、それを嘲《あざけ》るように揶揄《やゆ》するように内づらがひょいと顔を出す。しかも我々はその内づらの出現に一向に気づいてもいないのだ。そして自分は正しいことをしている、善いことをしている、愛している、といつも思いこんでいるのだ。その正しいことのために他人が傷つき、その愛のために相手が息苦しく思っていることがわからずに。

『心の夜想曲』(エッセイ)

†

自分のなかに二つの自分がいる――

自分でわかっているつもりの自分と、そして自分でも摑《つか》めていない自分と。

自分で意識して生きている自分と、そして自分でもわけのわからぬ自分と。

この二つの自分を私はある時期からひどく気にするようになった。誰《だれ》かと話をしたり、何かをやったりしている時、不意にこの言葉の奥にどういう心がひそんでいるか、この行為の動機には自分で考えているものと別のものがあるのではないかと思うようになった。

『心の夜想曲』（エッセイ）

†

「人間を知らずに宗教は語れない」──「人間の探究を怠って本当の宗教はない」

この人間の探究というのは次のような意味である。「人間の探究をいわゆる道徳律で無視してはならない。人間の探究に善悪の区別はない」

人間の心のなかには善もあれば罪もある。しかしそれらのすべてはそれぞれに深い意味がある。その深い意味は長い歳月をかけておぼろげに理解でき、更に長い歳月をかけて、そうだったかとうなずけるようなものだ。

『心の夜想曲』（エッセイ）

†

我々の心のなかには我々が社会生活や対人生活で抑圧した感情や欲望が溜りに溜って、「第二の私」という厄介なものを作りあげている。この厄介な「第二の私」──つまり自分の影をどううまく捌《さば》くか、どう上手に扱うかが生きるための智慧となる。

『ひとりを愛し続ける本』（エッセイ）

長所は短所を含み、美点は欠点をかくしている

私にもイヤな性格があり、そのイヤな性格を昔は直そうと努力したが、しかし直すことはできなかった。表面は直せても、そのしこりは別の形で別のところに出現することがよくわかったからである。だから私は自分のイヤな性格のなかにヨキものに転化する部分を見つけようとしている。

大事なのは「否定」ではなくて「転化」だということだ。その転化のやりかたや切っ掛けをみつけるのが、私の生きかただけでなく、小説上でも会得した作法なのである。

『心の夜想曲』（エッセイ）

†

長所は常に短所を含み、美点は必ず欠点をその裏にかくしている。

『お茶を飲みながら』（エッセイ）

†

不愉快な奴、イヤな奴とぶつかると、私は視点を変えることで、そいつがそれほどイヤな人間ではないと思おうとしている。これはそんなにむつかしいことではない。

というのは、かなりの人生を生きたため、私は、人間の長所が短所にほかならず、逆に短所が長所でもあることに気づいたからである。つまり短所の裏面は長所で、長所と短所は、何のことはない、背中あわせになっているにすぎないのである。

『足のむくまま気のむくまま』（エッセイ）

†

私は何かに腹をたてるにはもう年齢《とし》をとりすぎたし、どんな人にも心から憎しみを抱かなくなったが（それは私が人間を描く小説家という仕事をしてきたせいかもしれない）、ただひとつ、イヤだなと思う人間のタイプがある。

それは他人を批判する時だけ、自分が道徳家であるような種類の人間である。だれかの生き方、だれかの行為を非難する時に、自分が人生で決してそんな行為や生き方をしないかのごとき気持を持つ人間――そんな人間を見ると、私は心の底から不愉快な野郎だと思う。こんな人とは交際したくないと思う。

だがよく見てみると、彼はその時、非難する相手に自分の欠点を発見し、相手に自分と同じ欠点を発見したゆえに口をきわめて罵《ののし》っているらしい。

「あいつは卑怯な奴だ」

としつこく言う時、その人は自分もまた卑怯な人間であることを怖れ、怖れるゆえにそれを他人に投影して罵っているのかもしれない。だから彼は、実は自分を罵っているのである。

そう思うと、やはり、その人も憎むべきではないのかもしれぬ。

『足のむくまま気のむくまま』（エッセイ）

†

我々が欠点とみえるような心の傾きや性格もそのなかには何らかのプラス点がやはりかくれているのに、我々は欠点は欠点としてそれを捨てようとする。悪い性格は悪い性格とだけに限定してしまう。

『生き上手　死に上手』（エッセイ）

†

あなたには何となく好かない人がいるでしょう。その何となく好かない理由をよく考えてみると、意外にその理由があなたの「コンプレックス」から来ていることが多いのです。

『ほんとうの私を求めて』（エッセイ）

†

「どうして勝呂さんのこと嫌《きら》いなの」

「なぜかねえ、それが、よくわからないんだ」と小針は多少、冗談めかした口調で、「まず勝呂のなかに俺は日本のエセ文化人の縮図を見る。どこか信用できないものが今の文化人にはあるだろう。俺たちはそうした文化人がどんなに偉そうな意味ありげなことを言っても

——この人は贋者《にせもの》じゃないかとどこかで疑っているところがあるのじゃないか。俺が勝呂を好きになれないのは、そのせいかもしれない。
「人間って誰でもそうなんじゃないの。それにあなた自身もそういう人間だから」と比奈は嘲《あざけ》るように、「あなたは勝呂さんのなかに自分の姿を嗅《か》ぎつけて、それを憎んでいるんだわ」

『スキャンダル』（小説）

†

大人である精神的条件の一つは自分のヤマシサをいつも考えるようになった時から始まると私は考えている。いつも自分が正しいなどと思えなくなり、自分一人がこの世に生きているのじゃないということを実感として毎日、持てるようになった時、彼は「大人」にようやくなれたということなのだ。

他人にたいする配慮、他人にたいする思いやり、他人にたいする心がけは若いうちには自分中心に動くし、それは若さの特権だろうが、その限界にとどまっている限り、彼はまだ大人ではない。自分の考えだけが、絶対に正しい、という正義感がある限りは彼はまだ大人ではない。

大人であるための一つの条件は自分にたいするヤマシサというコンプレックスが脈はくのようにたえず、頭のどこかで働いていることを必要とする。

欲を言えば、このほかにもう二つの条件がある。屈辱に耐えられること。孤独に耐えられること。

『お茶を飲みながら』（エッセイ）

†

良いことをするには、人間である限り、マイナス要素が入ってこざるを得ないし、自己満足も出てきます。虚栄心がなければ良いことはできないのです。

この自己満足もなく、虚栄心もなく、徳をつまれた方というのは、宗教家の中でも少ないという気がします。

『あなたの中の秘密のあなた』（エッセイ）

†

「だがねえ、巴絵、人間はみんなが、美しくて強い存在だとは限らないよ。生れつき臆病な人もいる。弱い性格の者もいる。メソメソした心の持主もいる……けれどもね、そんな弱い、臆病な男が自分の弱さを背負いながら、一生懸命美しく生きようとするのは立派だよ」

「……」

「おれがガスさんが好きなのはね……彼が意志のつよい、頭のいい男だからじゃないんだよ。弱虫で臆病のくせに……彼は彼なりに頑張ろうとしているからさ。おれには立派な聖人や英雄よりも……はるかにガスさんに親近感を持つね」

『おバカさん』（小説）

†

我々には仲間の誰《だれ》か一人を敵視することで他の者の結束を再確認しようという気持があります。敵視された者はいわば人身御供《ひとみごくう》なのですが、飲み屋でも二人の会社員は他の同僚の悪口を言うことで彼ら二人の連帯感を強めようとしているのかもしれません。

『ほんとうの私を求めて』（エッセイ）

†

友人や知人をたくさん持つことはマイナス面もたしかにあるが、人生の総計算をしてみると、やはりプラス面がぐんとはねあがるのだ。

『生き上手　死に上手』（エッセイ）

†

三分法の眼を持つようになってから文学的にも私の作中人物の扱いかたが変わってきたと思う。私はどんな人物を書いても、彼等を私の外の世界に放り出すことはできなくなった。どんな陋劣《ろうれつ》な、どんな卑怯《ひきよう》な、どんな弱い人物を書いても私は私のなかに彼等を見出すと同時に——その陋劣、その卑怯、その弱さのなかに彼等の悲しさと再生の願いをそれとなく暗示できるようになった。そして実生活のなかでも私は心から憎んだり、嫌ったりする相手を持てなくなった。

『心の夜想曲』（エッセイ）

自信は励ましから生まれる

自分の人生をふりかえるとどうも照れくさいが、私はすてきな女の友人たちを持つ幸運に恵まれた男ではないか。

そして私が母親との関係をふくめて、彼女たちから吸収したものはやはり、この人生はもうひとつの世界に包まれているという感覚だ。もうひとつの世界とはそれが芸術の世界であれ、宗教の世界であれ、どちらでもいいが彼女たちはそうした現実を止揚する世界をともすれば現実だけに埋没しようとする私に、いつも指さしてくれたように思う。もうひとつ気障《きざ》な言いかたで非常に恥しいが彼女たちは男には持てぬ教養や優雅さと共に、思いやりや人間の優しさを具体的に私にみせてくれた。私が女性のなかに最も尊敬している部分はこれであり、これを私は女友だちを通して教えられたように思う。

『ひとりを愛し続ける本』（エッセイ）

†

多く男性が日常生活のなかで一瞬ではあるが女のスサマじさにぶつかることがある。そして、ああ、女っていやだなあと思う時がある。

たとえばそれは次のような時だ。

女が女の悪口を言う時である。男だってもちろん他の男の悪口を言う時がある。だが女が同性の悪口を言う時と男が同性の悪口を言う時には本質的なちがいがあるのだ。

男が同性の悪口を言う時はもちろん嫉妬心からくる場合もある。会社の仲間、同業者にたいし男は競争心からその悪口を言う時もある。しかし、それが全部ではない。男は別の感情から悪口を言う場合が多いものです。

だが、女がもう一人の女にたいする時は——男の眼からみると——先天的に嫉妬が発するのではないだろうか。

『ぐうたら社会学』（エッセイ）

†

一般に男性は、女性が「うっとり」している状態にあるのを見るのがイヤです。男性もまだ十九、二十歳の頃は自分もあることに「うっとり」できますが、二十五、六をすぎると、本当の陶酔ではなく、こうした薄っぺらな、センチな陶酔ぶりを他人に見せることも、他人からも見せられることにもオジケをふるうようになるのです。『ぐうたら社会学』（エッセイ）

†

無意識とは我々が意識でこうしてはいけぬ、これは人にかくさねばならぬ、これは他人に知られたくないと思い、抑え、かくそうとしている慾望や願望がひそかに溜っているからアラヤ識と言うのです。

さてそのアラヤ識——無意識のなかに女の音を日本の主婦はしまいこんでいる。読者であるあなたもまた結婚して、母となればきっと、同じことをするにちがいない。夫を「パパ」とよんで彼を男や夫と見るのではなく、子供の父と見ることで、自分も母になりきろう、ならねばならぬと努力するでしょう。

だが、あなたの女の音は消えたのではないのだ。それはじっと機会をねらい、出口を求め、何とかして外に出よう、出ようとしたがっているのです。だからその音は直接にではなく間接に、ナマにではなく形をかえて、あなたの心に信号を送ります。

その信号はたとえば夜みる夢に送られてくる。あるいは女の音を露骨に出している他の女性への嫉妬《しっと》や憎しみになっても出てくる。たとえば団地で数人の主婦がハデな女性の悪口を言っているのに出くわしたことはありませんか。そんな時はその主婦たちにも同じようなハデなものへの願望があるのだと考えてさしつかえありません。同じように他の女性への嫉妬や憎しみを感じたあなたの心には、実はその女性と同じ部分がひそんでいるのではないでしょうか。

『ほんとうの私を求めて』（エッセイ）

†

不幸にして私の友人は真面目そのものの人間だった。酒も煙草も飲まず、仕事と義務とをきちんと果さねば良心の咎《とが》めを感ずるような性格だったから、老年、誰もが白髪になるように、五十過ぎて突然、襲ってきた鬱病にモロに苦しまねばならなかった。

鬱病の特徴のひとつは、すべてを自分のせいにすることである。自分が生きているために人々に迷惑をかける、いっそ死んだほうがいいのだと思いこむことである。

責任感の強い人に限ってそうである。友人の場合も、

「申しわけない」

と私が聞いても何でもないような些事まで深刻に考えるのである。こんな辛い事はないだろう。

友人の辛さがわかるだけに、私は彼がもう一寸、不真面目であってほしい、と切に願った。息を抜く場所を性格や生活のなかに持つべきだと思うようになった。

日本では真面目ということを第一の徳とする。

「君はマジメだから立派だ」

というのは会社のほめ言葉である。逆に、

「あいつは一寸、フマジメだなあ」

というのは低い評価となる。

しかし不真面目はある意味で心をゆるめることである。心をリラックスさせる本能的な姿勢である。

『心の航海図』（エッセイ）

ギッシリと書きこまれ、改行のない文字の集積はさながらこの人の心に余裕ある空間がないことを示している。その人の心も何かがギッシリつまって、息もできない状態になっているのだろう。†

心が文体や文章にあらわれることを如実に示してくれるようだ。

そんな手紙を見ると私は人間にとって「笑う」こと「微笑する」ことがどんなに大切かを考えてしまう。

笑うこと、笑えることは表情に余裕を与えると同時に、カチカチになりがちな心やストレスの溜った肉体をゆるますことだと思うのだ。『心の航海図』（エッセイ）†

人間は人生の途中、一寸《ちよつと》した優しい他人の励ましや情愛の言葉で勇気づけられ、自分のささやかなものにも自信を抱くことがあるのだ。『彼の生きかた』（小説）†

よく二代目社長でどうにもならぬ慢心男がいるが、あれは周囲の重役が「おだて」ただけで、本当に彼を伸ばす「ほめ方」をしなかったからなのである。ほめながら相手にその欠点を悟らせるのが本当のほめ上手なのだ。

具体的にはどうすればよいかって？　そんなことは一般論ではない。まずこちらが相手の身になる想像力や推察力がなければならない。

『心の航海図』（エッセイ）

縁とは支えあいもたれあって存在する関係である

どのような形で自分の配偶者をあなたは選んだのだろうか。

「彼（彼女）をみつけ、選んだのはこの私だ」

とあなたが錯覚するならば、もう一度、考えてみよう。かりにあなたが配偶者を選んだとしても全世界すべての男（女）のなかから選んだのではあるまい。せいぜいあなたの周辺や周辺に偶々《たまたま》、来た異性から選んだにすぎぬ。だからあなたの選択は結局、たいしたことではないのだ。

むしろ大事なのはその人があなたの配偶者になったふしぎさのほうである。なぜ、その人がこの世に生れて、あなたの周辺にいたのか。あなたに選ばれる場所にいたのか。そのほうが神秘的である。そこにはあなたの見通《とお》しや智慧《ちえ》の及ばぬ何かで働いていると思わないだろうか。

これが縁のもつふしぎさ、神秘である。そのふしぎさに思いあたる時、この縁を大事にしたいという気持もおのずと湧《わ》いてくる。その気持には眼《め》にみえぬものに対する畏敬《いけい》の感情もまじっているのだ。

『生き上手　死に上手』（エッセイ）

†

支えあい、もたれあって存在している関係。それが縁の一つの相である。

『生き上手　死に上手』（エッセイ）

†

個性、個性と叫ぶ戦後の傾向に必ずしも賛成ではない。はっきり言うと個性よりももっと大切なものがある。

一人の人間の個性を創りだすためにそこに働いたあまたの縁がある。もしくはそのような縁を無視して、自分の独力で今日までこられたかどうか、自分の個性は自分自身で創りだしたかどうか、もう一度、考えてみると、そうでないことにすべての人が気づくだろう。

『人生の風景』（エッセイ）

†

彼が妻の死後、やっとわかったのは夫婦の縁というものである。数えきれぬほどの男女があるのに、そのなかから人生の同伴者となった縁。たしかにそれは偶然の出会いにちがいないのに、今の磯辺はその縁が生れる前からあったような気がする。

『深い河』（小説）

†

仏教には時節到来という言葉がある。人間に働いている仏の心を知るには時節を待たねばならぬの意味である。おなじように縁についても、それが理解できるのは人生の時節を待たねばならない。

キリスト教のほうでは縁という言葉はない。おそらく縁という言葉はキリスト教用語にはないであろう。しかしこの言葉がないからと言って一人の人間が多くの眼にみえぬ存在に助けられて生きていることを否定するのではないだろう。いや、むしろ一人の人間が人生の本当のありかたを知るためには有形無形の生命の助けが必要なことはキリスト教も肯定しているのである。しかし、仏教の素晴らしさはこの縁の意味を積極的にうち出すことで、人間の本来もっている存在の様式を明らかにしたことにある。

『人生の風景』（エッセイ）

†

Aという人間がBという人間の人生を横切ったため、Bの人生が別の方向に向くことがある。私がいるために、他人の人生が向きを変えることがある。それを考えると、なぜか知らぬが怖《おそ》ろしくなる。基督《キリスト》教信者の私はかつてそれを「罪」とよび、それを避けようとした。私がともかくも、他人の人生に痕跡を与えねばならぬとしたら、それは家族だけで充分だ。その気持が、私に今日まで破滅型の私小説作家たちの生活を真似《まね》させないのかもしれぬ。

三年の留学を終えて日本に戻ってきた時、私は今の妻に紹介された。長女で、控えめで、梨《なし》の花のように目だたぬこの娘は私の心を惹《ひ》かなかった。向うも向うで、その頃、胸を悪くしていた男などと結婚しようとは思わなかっただろう。我々はおたがいに、生涯、同じ家に住むなど、夢にも考えていなかった。それがなぜ、今のように結婚をしたのか。

デパートの食堂で、隣り合せに偶然坐りあったぐらいの縁で人間なんて結婚するのさ、と友人のYがいつか何処《どこ》かに書いていたが、私も今ではそう思う。だがこの「偶然」といわれるものに、それを作りあげた別の力を私は感じる。何がその偶然をつくりあげたか。そこに眼にみえぬものの力が働いていなかったかと考えてしまう。

『影法師』（小説）

†

選ぶということがすべてを決定するのではない。人生におけるすべての人間関係と同じように、我々は自分が選んだ者によって苦しまされたり、相手との対立で自分を少しずつ発見していくものだ。

『留学』（小説）

†

人と人とのめぐりあいを今の私は偶然の出来事とは思っていない。人と人とのめぐりあいの奥に、我々をこえた神秘な意志が働いていることを考えざるをえない。

『お茶を飲みながら』（エッセイ）

不幸がなければ幸福は存在しない

［教育・父性母性・不幸・嫉妬・挫折］

人間教育は家庭という場でのみ成功する

作法や礼儀を教えるのは家庭であり、学校ではない。学校とは人間教育よりも読み書き、ソロバンをしこむ場所だと考えたほうがよい。

†『お茶を飲みながら』(エッセイ)

教育とは親の人生観、幸福観なしには成立しない。

†『ひとりを愛し続ける本』(エッセイ)

私は子供の教育というものは、もちろんキビシクする時はキビシクするが、子供を犬や空地と結びつけ、ポカンとさせたり、空想にふけらせたり、夕暮の茜《あかね》色の空に感動させたりすることだと思っている。

少年時代、私は忍者になろうと思い、本気で山のなかに入って修行しようかと考えた。自分の体を消すことができれば、イヤな授業に出なくてすむからである。

そういう愚かしい子供の空想は人生にとって絶対、必要である。大人はこれを叱ってはいけない。無意味で無駄な心の種などないのである。

『心の砂時計』（エッセイ）

†

列車や電車で騒いだりしてはならぬという義務はない。しかし、小学校の高学年や中学生になったら、人生のなかで必要な想像力を養ってもいいと思う。自分がこういう行為をすれば他人にどんな迷惑をかけるかという想像ができなければ、後になってどんな本を読んでも理解できなくなるだろう。自分以外の世界を想像する力のないものは、いかなる芸術作品もわからないからである。

小、中学生の諸君、大学に入っても、こういう想像力が欠如している大学生になりたいか。

『春は馬車に乗って』（エッセイ）

†

ほめられれば才能はのびるのである。私は後輩の作品をほとんどけなさない。ほめることにしている。ほめればその才能は刺激される。そして自信がついてくる。

劣等生たちに必要なこと。それはしかることではない。けなすことではない。きびしく罰することではない。彼のなかに埋もれている美点を、かくれた才能を教師と大人とが発見してやることなのだ。そしてそのかくれた美点（美点のない劣等生などはいない）に水をかけ、肥料をあたえ、育ててやる。そうすれば必ずどんな子供でも立派になっていく。

立派ということは社会的順応主義にあてはまらないかもしれないが、とにかく立派になるはずだ。

劣等生をほめてやろう。自信をもたせてやろう。一流の大学にムリヤリ入れるのが人間の人生じゃない。平均的社会人にするのが、必ずしも人間教育じゃない。

『春は馬車に乗って』（エッセイ）

†

子供のなかには色々な形で伸びよう、伸びようとする個性的生命力がある。その生命力を発展させてやるのが教育で、五歳頃にいかにも分別ありげな智恵を吹きこむことは、悪しき平均化としか私には思われない。この社会で「食いはぐれない」ために平均的社会人を作る――その第一歩がもう始まっているのだ。

『狐狸庵閑談』（エッセイ）

†

私は少年教育とはただすべてを「できる子」に画一的に育てていくことだとはゆめゆめ思わない。

学校とは色々な子が互いに揉《も》まれる場所である。揉まれるとは種々、雑多の性格や個性の相手を仲間にする能力を育てることだ。灘で勉強のあまりできないクラスにいたお蔭《かげ》で、私は今でも親しくしている友人たちをかなり持ち、利害関係をぬきにして交際しつづけている。

私は戦後の中学や高校の目標が次第に受験とか優秀（本当ですか？）な大学に進むことに

重点をかける方向に進んだことを「本当の教育か」と疑う一人である。

子弟の教育とは結局、両親の幸福観、人生観が投影するものである。いい大学に進ませて、いい会社に入れ、安全な人生のアスファルトを歩かせることが「子供の幸福」と思うのは親の自由である。私はそれを批判はしない。

しかしそれが中学教育や高校教育の絶対目標だと主張されれば、開きなおって「それだけではないでしょう」と言いたくなる。幸福観は色々あるからだ。

私は中学時代、父兄や学校からは「仕方のない子」と思われていたクラスに入れられたことを、今は悪くなかったと考えている男だ。私の旧友たちも今は同じ思いであろう。できない子を持った親は悲観することはない。今の世で食べることはそんなにムツかしくないのだ。

『万華鏡』（エッセイ）

†

ぼくがフランスに着いたのは一九五〇年の七月である。夏休みの最中だった。

北仏ノルマンディの古都、ルーアンに住むロビンヌさんという建築家の家庭がぼくの身柄を引きとって、三カ月の休暇中、親身も及ばぬ世話をしてくれた。ロビンヌ夫人はぼくを自分の息子たちと同じようにかわいがってくれたが、しかし同時に、フランス語の会話はもちろん、むこうの行儀作法を泣きたくなるほど厳しく教育することも忘れなかった。

本当をいうと、こいつはぼくには苦手だった。大体ぼくは日本にいたころ、石けんをつけて顔を洗った覚えはなく、散髪屋も一カ月に一度ぐらいしか行かなかったので、家族からは「お前のそばに寄るとくさい」とうとまれていた男である。

それが朝と晩とにはYシャツをとり換えなければしかられる。散歩したクツのまま食堂にはいると「いけません！ 換えてらっしゃい」といわれる。「ブドウ酒のコップに口をつける時は、ナプキンで口をふいて」「コップを右側におくのは英国人のすることです。そんなに早くたべないこと」「ツメがまた伸びてますね」だから夜、ベッドにつく時、真実、ぼくは思ったものだ。「日本はよかったなあ。浴衣《ゆかた》でゴロリとねられて、お茶づけを音をたててたべられてさ」

夏休みがあすで終り、いよいよぼくがロビンヌさんの所を去るという日、夫人はぼくを彼女の部屋によんで目に涙さえ浮べて「大学に行けばもう貴方《あなた》は学生として暴れたり、無作法なこともしていいのですよ。けれどもあたしの教えたことは作法を知らないで無作法をするのと、それを知りながら暴れることの違いです。もう貴方はどんなフランスの学生にもその点及ばないはずはありません」

それから彼女は突然、厳粛な顔をしていった。「大学では女の子とも大いに遊びなさい。けれども貴方がこの家であなたの妹みたいだった私の娘にいったり、できないようなことを彼女たちにしないようになさい。それだけ……」と。『よく学び、よく遊び』（エッセイ）

†

「おそれを知らぬ子供たち」という言葉があるが、そこには〈恐〉があるだけで〈畏〉が脱けおちているんだ。だから彼らは〈畏怖〉を知らずにいる。〈恐れを知らぬ子供たち〉というのは、それはそれでいいことだと思う。若者が何ものをも恐れずに目的めがけて突きすすむ——これはいいでしょう。

しかし同時に、〈畏れねばならぬもの〉も人間のなかには必要なんです。つまり、尊敬の対象としての〈畏み《かしこ》〉、これが人間の心に必要であるにもかかわらず、いつのまにか忘れてしまったというか、棄て去ってしまったというのが、日本の戦後の民主主義の大いなる欠陥だったと思う。

『らくらく人間学』（エッセイ）

†

私は子供の精神教育とはそれぞれの親の人生観、幸福観によって違うと考えている。だれだって我が子が不幸になることを望んでいない。子供の幸福をねがうからこそ、アレも教え、コウもしろ、コレはするなと言うのであろう。

しかし、おのれの子供の幸福とは何か。それは、一人一人の親の考え方によって違うであろう。ある親にとっては社会に出てエリート社員になることが幸福のイメージに結びつき、そのイメージに即して自分の子を「しつけ」るかもしれぬ。しかし、別な親にとってはそんな社会的出世よりも、もっと生きることに大事なものがあり、その大事なものを守ることが幸福だと子供を「しつけ」るかもしれぬ。そこに「しつけ」のさまざまな形があるが、それは結局は親の人生観、幸福観によって変わっていくにちがいない。

『お茶を飲みながら』（エッセイ）

ホメてオダてろ

母親のブツブツ、ガミガミは子供にとって何ら有害ではないと思う。しかし有害なことは母親が自分の子供について観察もせず、出来あいの教育方法を押しつけることだ。

『愛情セミナー』（エッセイ）

†

男は子供にたいして、どんな感情を持っているのだろうか。これは、一概には言えないし、また父親の男の子にたいする気持と女の子にたいする気持ではかなり違ってくるものだ。なぜなら男は女の子にはまだ「育てる」気持を抱いているが、男の子にたいしては別の心理があるからだ。

男は自分の男の子にたいしては、自分の人生の延長、もしくは復活という気持をどこかに抱いているようにみえる。それは後継者という感情にも変るし、また自分の挫折した運命をやりなおしてくれる次の走者という気持にもなる。だから我が子を「育てる」という感情よりも、「鍛える」という心のほうが当然つよくなってくるのだろう。

『愛情セミナー』（エッセイ）

†

父親の人生は息子の人生ではなく、娘の人生でもない以上、マイホームとは一時の、かりそめの休憩所にすぎない。マイホームという言葉は、まだ子供たちが自分の人生を自覚せず、自分の毎日を両親に全面的に委ねている短い時期だけに当てはまるのである。

『愛情セミナー』（エッセイ）

†

父親とは息子にとっては本質的に「ライバル」であり、娘にとっては本質的に「かりそめの保護者」にすぎない。

『愛情セミナー』（エッセイ）

†

人間の才能をのばしたければ、ホメろというのが私の考えである。ホメれば自信が少しずつつく、自分でもそうかなと思う。子供の成績が悪い時は、叱るよりは、むしろオダててやる一点がないかと探すべきだ。叱ればその子は萎縮する、ひどい時はヤケクソになり、俺はバカだと思いこむ。そのほうがもっとこわい。自信を失った人間は成長しないからである。

『愛情セミナー』（エッセイ）

†

可愛い赤ちゃんがやがて成長した時、この赤ちゃんはいつか自分たちから離れていくであろうし、離れていくことがその成長であるとするならば、親はその後における自分の生き方をよくよく考えておいたほうがいい。
はっきりいえば、親というものはいつか孤独になるのである。それは自分たちの子供の成長によって生れる孤独なのだ。この孤独の時、どう生きるか、親は早い時期から準備しておかねばならぬ。

『愛情セミナー』（エッセイ）

†

私はめったに叱らない。息子に関する大半のことは妻にまかせている。その意味では、私は父親としての権力があまりないと言えそうだ。しかし、そんな私も叱るときが二年に一度ぐらいある。それは彼と私とがずっと前から男同士の約束としてきめた憲法を破ったときである。その憲法とは三つある。
一、いわゆる「いい子」になるために友だちの悪口や告げ口をしない。
二、身体の不自由な人を見つめたりしない。
三、叱られないためウソをつくことはしない。
この三つの約束を守っている限り、成績が悪くても悪戯《いたずら》をしても私は文句を言わぬ。私は妻に対しても、一、私の小説を絶対読まぬ、二、どんな人にも腰を低くする、という二憲法を結婚前から約束したが、息子にも同じ憲法をもっているわけだ。

私はいわゆる小利巧な子供に自分の息子がなってもらいたくなかった。自分だけ正しいと信じて他人を高みから裁くような偽善者にはなってもらいたくなかった。外観や貧富や社会的地位だけで他人を評価するような男にもなってもらいたくなかった。これらの三つは生涯、男として生きる原則だと思っているので、それを子供むきになおしたのが先にあげた三原則なのである。

『お茶を飲みながら』（エッセイ）

†

どうすれば彼等《かれら》がよろこぶか、どうすればホメられるかを素早くその眼《め》や表情から読みとり、時には無邪気ぶったり、時には利口な子のふりを演じてみせるにはそれほど苦労もいらなかった。本能的にぼくは大人たちがぼくに期待しているものが、純真であることと賢いこととの二つだと見抜いていた。あまり純真でありすぎてもいけない。けれどもあまり賢すぎてもいけない。その二つをうまく小出しにさえすれば彼等は必ずぼくをホメてくれたのである。

こう書いたからと言って現在のぼくはあの頃《ころ》の自分を特に狡《ずる》い小利口な少年だったと思ってはいない。あなた達《たち》も自分の子供のころを思いだしてほしい。多少、智慧《ちえ》のある子供はすべてこの位のズルさは持っているのだし、それに彼等はそうすることによって自分が善い子だと何時《いつ》か錯覚していくのである。

『海と毒薬』（小説）

自己所有欲と母性愛を混同していないか

母親が知らずして子供を自分のエゴイズムのために犠牲にしている場合がある。子供の将来のためという名目で、実は自分の虚栄心や顕示欲を満足させるため、一流校に行くことを強いるのがその例だ。

そういう母親はそれでも自分の行為が「母性愛」にみちたものだと思っている。本当の母性愛とは自己所有欲の変形ではないのだが、悲しいかな、自己所有欲と母の愛とを混同している例がいかに多いことか。

『変るものと変らぬもの』(エッセイ)

†

母性的なもののなかには、このように相手を慈しみ育てる愛情と、相手を拘束しその自由を奪う執着との相反した二つがあります。しかもその二つははっきりと区別され母性のなかに併存しているのではなくて、どこからどこまでが片一方で、どこからが他の一方なのか、わからないまでに混じりあっていて、当の母親にさえも識別できぬ本能となっているものなのです。私はこの構造は母性的なものだけでなく、女性の心のすべてに当てはまるのだと考えています。

つまり矛盾したものを混沌としたまま持っているのが女です。そして彼女はそれを自分の思想や意志によって変えるのではなくて、本能や感情によって無意識に変化させせています。

『ほんとうの私を求めて』(エッセイ)

†

四十歳をすぎてから私は次第に聖書のなかのこの場面に心ひかれだした。マルコやヨハネが書かずにルカだけが附け加えた一行の描写が特に好きになった。それはペトロがイエスを拒んだ瞬間「主はふりむいてペトロを見つめられた」という短い言葉である。ここを読むとなぜか母の顔を思いだすのだ。

青年になって、私が自分は基督教をもう信じられぬと母に告白した時、彼女は烈しく怒るかわりに、真底つらそうに、泪《なみだ》をいっぱいたたえた眼で私をじっと見た。私には……ペトロを見つめた時のイエスの眼がそんな眼だったような気がする。

『母なるもの』(小説)

†

よく聞く話だが、日本の兵隊は息を引きとる時に「天皇陛下万歳」と言う代りに「お母さん」と言いながら死んでいったという。

私は実際、そういう場面を目撃しなかったから、それが本当かどうか知らない。しかしおそらく普通の日本の兵士が「お母さん」とつぶやいて息を引きとる心情になったことは当然のような気がする。

もし本当の思想というものが自分の死と向きあった時、人間がつぶやく言葉にあらわれるとするならば、宗教を持たぬ大部分の日本兵士にとってこの「お母さん」という言葉は「ナムアミダブツ」や「アーメン」とつぶやいて息を引きとる仏教徒、基督《キリスト》教徒と同じ心情で口からほとばしった宗教的な言葉だったのである。言いかえれば彼らにとって母は神や仏の代りにさえその瞬間なったにちがいないのだ。

それは「母なるもの」が他《ほか》の国民以上に日本人の心情にはぬきさしならぬ位置をしめているからであろう。意識すると否とにかかわらず、宗教のない日本人の心に母は人生観や人間観のうえで大きな影響を与えているのである。

『ほんとうの私を求めて』（エッセイ）

†

大人になるために子供が母に反抗する、母のなかのイヤらしいものと闘う。どんな家庭でもこの格闘がみられます。人はそれを反抗期とよびますが、反抗期というよりは子供が大人になるための通過儀礼だと思うべきでしょう。

『ほんとうの私を求めて』（エッセイ）

†

単に私だけではなく一般の男性が、自分の母とか妻に対して、常に良心——相手は良心

——で自分は悪い人間だと思うのである。私には母や妻は良心であり、私はいつもその良心をふみつけにする悪い人間だという気持から抜け切れない。私にとっては妻を拡大したのが母親であり、これは世の中の一番いい部分で、しかも、それに対して悪いことばかりして、迷惑をかけてきたのが、私だという気持から抜け切れない感じがしている。

『ほんとうの私を求めて』（エッセイ）

†

母は、

「お前には一つだけいいところがある。それは文章を書いたり、話をするのが上手だから、小説家になったらいい」

と、言ってくれた。

とにかく、算術はからっきし出来ないし、他《ほか》の学科もさんざんだったが、小説というのか童話というのか、そんなものを書いて母に見せると褒めてくれるので、それを真にうけて、大きくなったら小説家になろうという気持を、その頃《ころ》から持つようになったのだが、——それだから小説家になったのでもない——もし、その当時、母が他の人たちと一緒になって、私を叱《しか》ったり馬鹿にしていたら、私という人間はきっとグレてしまって、現在どうなっていたかわからないという気がする。

母が私の一点だけを認めて褒め、今は他の人たちがお前のことを馬鹿にしているけれど、やがては自分の好きなことで、人生に立ちむかえるだろうと言ってくれたことが、私にとっては強い頼りとなったと言える。

『ほんとうの私を求めて』（エッセイ）

不幸がなければ幸福は存在しない

不幸がなければ幸福は存在しないし、病気があるからこそ健康もありうるわけだ。だから両者はたがいに依存しあっているといえる。しかも不幸とよぶものにはピン、キリがあり、もっと不幸な人からみるとある程度、不幸な人はまだ「幸福」にみえるものである。末期癌《がん》の患者の眼《め》には心臓病の患者は羨《うらや》ましく見えるかもしれない。すべての価値概念はこのようにして相対的である。

『生き上手　死に上手』（エッセイ）

†

「あたし、神さまなど、あると、思わない。そんなもん、あるもんですか。」

「なぜなの？　壮ちゃんが死んだから？　あなたの願いを、神が、きいてくれなかったから？」

「そうじゃないの。そんなこと、今はどうでもいいんだ。ただ、あたしさ、神さまがなぜ壮ちゃんみたいな小さな子供まで苦しませるのか、わかんないもん。子供たちをいじめるのは、いけないことだもん。子供たちをいじめるものを、信じたくないわよ。」

純真な小さな子供にハンセン病という運命を与え、そして死という結末しか呉《く》れなかった神に、ミッちゃんは、小さな拳をふりあげているようでした。

「なぜ、悪いこともしない人に、こんな苦しみがあるの。病院の患者さんたち、みんないい人なのに。」

ミッちゃんが、神を否定するのは、この苦悩の意味という点にかかっていました。ミッちゃんには、苦しんでいる者たちを見るのが、何時も耐えられなかったのです。しかし、どう説明したらよいのでしょう。

人間が苦しんでいる時に、主もまた、同じ苦痛をわかちあってくれているというのが、私たちの信仰でございます。どんな苦しみも、あの孤独の絶望にまさるものはございません。自分一人だけが苦しんでいるという気持ほど、希望のないものはございません。しかし、人間はたとえ砂漠の中で一人ぼっちの時でも、一人だけで苦しんでいるのではないのです。私たちの苦しみは、必ず他の人々の苦しみにもつながっている筈です。しかし、このことをミッちゃんにどう、わかってもらえるか。いいえ、ミッちゃんはその苦しみの連帯を、自分の人生で知らずに実践していたのです。　『わたしが・棄てた・女』（小説）

†

我々の人生で一時的にはマイナスにみえるもの（挫折《ざせつ》、病気、失敗）にも必ずプラスとなる可能性があり、その可能性を見つけて具現化さえすれば過去のマイナスもいつかはプラスに転ずるということだ。

『生き上手　死に上手』（エッセイ）

†

「新入社員のくせになまいきだ」とか「新米だからおれが味わった苦しみをなめるべきだ」という考えが日本人の集団生活の中では往々いやな芽を出すものである。「自分が苦しんだから新しいものには苦労をかけない」という気持こそ世の中を少しずつ進歩させていくにちがいない。身近なところに新しい社会をつくるための障害はいくつも転がっているものである。

『春は馬車に乗って』（エッセイ）

†

一流会社の社長になると、その人間がとても面白い。話術のうまい人もあるが、話術の下手な人でも訥々《とつとつ》たる話しぶりに、何ともいえぬ味がある。なぜこの人が社長になれたかを考えながら、その人と向きあっていると、ある人は才気勉強、ある人は努力忍耐と違いはあるが、共通していえるのは、一種の信頼感を他者に与えるという点である。

この信頼感の与え方もそれぞれちがうが、「この人なら大丈夫」という感じをどことなく体外に発散させている。

私はこういう社長がスランプの時、どうするか——という質問を必ずすることにしているが、それは自分の体験から言っても、人間にはどんなに努力しても万事が裏目と出る年や期間が一生のうち幾度かあるからである。

面白いことには、これにたいする答えだけは今日まで会った社長に大半共通していた。「その時は逆らわないことです。次に目が表に出るまで辛抱するのです」

大体、そういう意見が圧倒的に多かった。

当り前といえば当り前の答えだが、そういう返事には、功なり名とげた人の人生経験から生れた知恵がずっしりとひそんでいるような気がする。

『春は馬車に乗って』（エッセイ）

†

ツキとかスランプはどんな人間の生活や人生にも必ずある。だからスランプに陥ったからといって、これが永久に続くなどと思う必要はないわけで、しばらくすれば自然にこの状態からは脱け出していく。それがわからずに悪あがきをすると、かえって泥沼に落ちこんでいくんだ。

『らくらく人間学』（エッセイ）

†

スランプに陥ったときに必要なのは、自分が積極型か消極型か、それを見きわめることだろう。

以前、雑誌で会社の社長ばかり連続して50人ぐらいと対談したことがあるんだが、そのときにわかったことなんです。

「スランプのとき、どのようにしてあなたは切り抜けましたか」

それをぼくは全員に質問した。

すると面白いことに、ほとんどの社長が自分の性格を見きわめていて、それに合った切り抜け策をとっているんだ。積極型の社長は次から次へとスランプを乗りきる手を打つ。ところが消極型の社長になると、その間カメみたいに首をすくめて、風が通りすぎるのをジッと待っているという。

たぶん読者諸君の7割ぐらいは、消極型人間だとぼくは思うんだ。だから、これをひとつ参考にしたらどうだろうか。つまりスランプのときに焦っていろいろ手を打とうとすると逆に失敗することが多い。

だから消極型社長を見習って、何もせずジッと風が通りすぎるのを待つ。やがて風は去るんですから。手も出さない。足も首も出さずに、ひたすら待つ。

スランプというマイナスの世界の中で首をすくめ、そのなかで「いったいプラスは何か」をじっくり考えることだ。

ぼくがよく言う「マイナスをプラスに」「マイナスの中には必ずプラスあり」ということです。要は、動かずにいて蓄電すること。スランプという苦難の時期を測定して、それが1年だと思うならば、その1年という期間でできることをひそかに実行する。たとえば語学の勉強をしてもいい。

そうやって蓄電しておけば、スランプが過ぎ去ったあとでそのマイナスだった期間はプラスになります。スランプは必ず去ります。普通の場合は必ず去っていく。去らないときは、これは人間が死ぬときです。

『らくらく人間学』（エッセイ）

嫉妬の苦しみの効用

姦通は苦しいものです。と同時にその苦しみは快楽と背中あわせになっている。いいかえれば、情熱の極致は姦通につきるといっていいのです。『ひとりを愛し続ける本』（エッセイ）

†

嫉妬心の苦しみとはこまかな観察ゆえの苦しみである。『ひとりを愛し続ける本』（エッセイ）

†

嫉妬心の苦しみとは想像による苦しみである。『ひとりを愛し続ける本』（エッセイ）

†

結婚という場に情熱を起すことは嫉妬の時をのぞいて不可能である。『ひとりを愛し続ける本』（エッセイ）

†

ている嫉妬《しっと》心にかられた時、女は醜くなる。なぜなら嫉妬とは自信を失いかけた心理が核となっているからです。

男から愛されなくなったのではないかという自信のなさ、自分より強くみえる者にたいする自信のなさ——これはもう、はっきりとしています。『ほんとうの私を求めて』（エッセイ）

†

嫉妬心というのはたいていの場合、自分に自信のない場合におきる。『ぐうたら社会学』（エッセイ）

†

嫉妬心というのは、自信のなさから来る。

†

嫉妬心は自尊心が傷つけられたときに起こる。『あなたの中の秘密のあなた』（エッセイ）

†

嫉妬の苦しみは過去のすぎ去ったことでも今のことのように思われるし、未来のことも現在、あるように想像してしまうことから生ずるのだ。要するに嫉妬の心理では過去も未来もすべて現在に還元されるのである。『愛情セミナー』（エッセイ）

†

嫉妬とは過度の想像のために生ずる苦しみだ。『愛情セミナー』（エッセイ）

人間の自尊心が最大に傷つけられた苦しみが嫉妬だ。

『愛情セミナー』（エッセイ）

†

嫉妬は必ずしも過度の妄想だけとは限らない。時には今まで相手について気づかなかったこと、感じなかったことさえもピーンと見ぬくようになる。嫉妬にかられた者にはふしぎなくらい第六感が働くことも事実である。

『愛情セミナー』（エッセイ）

落ちこんだ時こそ人生の本質に触れるチャンス

抑圧したものに適当な捌《さば》け口を与えること。それはかしこい生き方のひとつです。抑圧したものの集積はストレス（歪《ゆが》み）をひき起しますし、抑鬱《よくうつ》症や神経衰弱の引き金にもなりかねません。だからそれに出口をつけてやるのは、賢明です。

『ほんとうの私を求めて』（エッセイ）

†

抑圧したものは抑圧しっぱなしにすれば、我々の心を苦しめる復讐《ふくしゆう》者にもなります。よく修道女にノイローゼ患者が出たり、真面目《まじめ》な内気な青年男女が鬱病《うつびよう》や神経症にかかるのもそのためです。抑圧したものが噴出する出口を見つけられなくて、病気という形をとるのです。だから、我々は社会生活をやる以上、抑圧したものに、然るべき出口を作っておいてやらねばなりません。

『ほんとうの私を求めて』（エッセイ）

†

ふだん何の気にもとめていないあなたの態度の中に、逆に抑圧された欲望を認めることができるということです。

裏返しになった形で表れてくるということです。

つまり、あなたが他人の悪口を言うときは、その人があなたの抑圧しているものを表面に出しているから気になるのであり、いらだつのであり、非難したくなるのです。

『あなたの中の秘密のあなた』（エッセイ）

†

人々のなかに生きていくため、家庭人であるため、私たちは自分の色々な感情や欲望を抑えこむのだが、その抑えこんだものは決して消滅しないで心の奥底で渦まいている。その渦まいたものが、制禦《せいぎょ》できなくて噴出する時、それが罪という形をとった作品が基督教文学に多い。

だから抑圧したものが溜《たま》っている場所――それが無意識なのだが、無意識は罪をつくるものの温床であり母胎だということになる。

『生き上手　死に上手』（エッセイ）

†

我々は社会生活を維持するためには色々な欲望や感情を抑えこむ。それは我々が半分しか自分を生かしていないということである。社会生活は「外づら」の我々だけを認め、それにそむくような、もうひとつの我々が出現することを禁じるのだ。

だから、もうひとつの我々がそれにたまりかねて烈《はげ》しく自己主張することが罪となるのだが、しかしこの罪は「外づら」だけでは我慢できない我々の再生の意志のあらわれとも言える。

『生き上手　死に上手』（エッセイ）

†

滅入ったときは、孤独になりなさい。そして孤独のときの対話は、やっぱり本や芸術です。絵をみたり、音楽を聴くのがいい。音楽は、楽天的になっているときは心にしみこまないし、絵だってわかるのは滅入っているときです。つまり、滅入ったときは人生の本質に触れる絶好のチャンスだと思いなさい。そのときこそ自分を深めることができる。滅入ったら、たとえば自分はいま留学をはじめたのだと思えばいい。

『らくらく人間学』（エッセイ）

†

仏教の言葉に「善悪不二」というのがある。善と悪とは別べつのものではなく、善のなかに悪があり、悪のなかにも善があるということなんだが、やはり仏教の達人たちは会得していた。これがつまり、三分法の考え方です。

どんなものにも「絶対的にイイ」とか「絶対的にワルイ」ということはいえないわけで、これはぼくがいいつづけてきたことの根本的な柱なんです。

ところでいま、若者のなかに、なんとも滅入った人たちをよく見かける。

「滅入る」というのもじつは性格の問題とおなじで、だいたいものごとを悲観《ペシミスティック》的に考える人間が多い。そこへちょっとしたアクシデントがあったりすると、気分が滅入って泥沼に入っていく。そのとき、これを転換して陽気になろうとしても無理だ。ちょうど、我われが性格の短所を直そうとしても出来ないのと同じです。

滅入る、というのにも2種類あって、ウツ病における滅入り方と、そうでないのとがあるから注意したほうがいい。つまり、一過性の滅入りか、永続性のある滅入りかということだ。ずっと滅入った状態がつづく場合だが、これは人間なさけないもので、薬で治ることがある。最近は誰でも軽ウツ病にかかっている。この軽ウツに対する薬はかなり進歩していて、それほどの副作用もなくウツ病状から解放される。

だから、よくぼくは「そんなに長く滅入っているのなら、神経科の医者へ行ってこいよ」と勧めるんだ。神経科をたずねることは何も恥ずかしいことではなく、カゼをひいたときに内科へ行くのと同じなんだから。

ぼく自身も一時、ウツ病にかかって、そのときは目のまえに人が座っただけでも息苦しくなった。初老性ウツ病だった。ぼくは薬を飲んで、太陽がさんさんと照るイタリアに行った。そして帰ってきたら、もう治っていた。

だから長くつづくようなウツ病の場合には、神経科へ行って薬をもらうのがいいんだが、こんどは一過性のウツ病の場合だ。

これはまず、自分が滅入った状態にあることを認めて、そのうえで何かトクをすることがないかどうかを考えてみることだ。

さっきの三分法の話のなかで、マイナスのなかにプラスがあるといったが、それと同じで、必ずトクをすることがあるはずなんだ。

一例をあげましょうか。

陽気なときには、たとえば本を読んでも頭に入らないんだ。自分のなかに問題がないから。反対に滅入ったときには、世の中はみな暗く、人はみな疑わしく、人生はすべて灰色です。そういうときこそ、本屋へ行ってしかるべき本を買ってくるんだ。人生論の本でも、なんでもいい。そして読めば、一語一語が身にしみてわかるはずだ。

ぼくは滅入ったとき、非常に読書量が増えるんです。滅入っているからこそ、書物に書かれている問題が実感をもって迫ってくる。これまでに作りあげてきたぼくの人生観などは、みなそういう状態のときに本を読み、考えたことによって形成されています。

『らくらく人間学』（エッセイ）

†

われわれの心の奥に抑えつけたものというのは、決して消滅することがありません。ただ見えないだけで、いろいろな形で心と体を支配しているのです。

そして、ひょっとしたことがきっかけで、われわれの本音の部分を曝け出すことになります。

『あなたの中の秘密のあなた』（エッセイ）

挫折は人生のエネルギー源

屈辱感をかみしめられることは挫折のもたらす一番大きな効用だ。

そこでもう一度改めて言うと、挫折のない人生などはない。言いかえれば、挫折があるから人は生き甲斐ではなく、生きる意味を考えるようになるのだ。

我々の人生に挫折がなかったら、屈辱感がなかったら、人はいつもウシロメタサ、ヤマシサの効用もわからず、そのため人生の意味のふかさを知らずに生涯《しょうがい》を終るだろう。

『お茶を飲みながら』（エッセイ）

†

挫《ざ》折《せつ》のない人生などはない。これは当り前の話である。言いかえれば挫折があるから人には生き甲《が》斐《い》が生ずるのであって、もし我々の人生に挫折がなかったならば、生きるエネルギーが生じないだろう。そうすると挫折は人生のエネルギーの供給源だということになる。

『お茶を飲みながら』（エッセイ）

アト味のいい挫折とアト味のわるい挫折とがまずある。自分が正しいと思ったこと、自分が信じている信念を貫き通そうとしても社会や周囲の壁にぶつかり、刀折れ矢つきて挫折した時はなお「自分は正しかったのだ」というアト味はのこる。これにたいし、自分の弱さ、卑怯《ひきょう》さから自分の信念なり、思想を放棄せざるをえなかったような挫折はアト味のわるい挫折である。

アト味のいい挫折感は一万人中、十人しか持てる筈《はず》はない。たいていの人間の挫折感には口惜《くや》しさ、うしろめたさ、自嘲《じちょう》、恨みつらみの色々なものが、カスのように残るものだ。その口惜しさ、うしろめたさから挫折した自分を自己弁解する気持が続いて起ってくる。敗れた自分を正当化しようとするものが心の何処《どこ》かに生じてくる。

このことは挫折を考える時、頭に叩《たた》きこんでおくといい。挫折した時（アト味のわるい挫折である）道は二つしかないということを。

一つは敗れた自分を率直にみとめ、もう一度、たちなおろうとする道、もう一つは敗れた自分を正当化しようとする自己弁解の道。

そのどちらが良くて、そのどちらが悪いなどと簡単に決められはしない。「男らしさ」とか「勇気」という面から言えば、なるほど第一の道が立派ではあるにちがいない。しかし、敗れた自分を正当化するために必死になるのも男らしくはないが、長い眼《め》でみると必ずしも悪くない場合もある。

なぜなら自分を正当化するというのは言うはやすく、行うはかたしで、ほとんど不可能にちかいからである。よほど鈍感な人間でないかぎり、自分を正当化しようとしている自分にウシロメタサとヤマシサとがいつも伴い、それは正当化すればするほど、大きく深くなっていくのであって、結局は正当化できない自分を最後には発見するからである。この時、彼は自分が本当はどんな人間だったのかを初めて知ることができる。自分が決して強者ではなく正義の人ではなく、選ばれた人間でも優越者でもなく、世間にはイツワリの顔をみせてはいるが、本当はイヤなイヤな人間だという事実と向きあうことができる。これは人生における第二の出発点になる。自分が弱虫であり、その弱さは芯《しん》の芯まで自分につきまとっているのだ、という事実を認めることから、他人を見、社会を見、文学を読み、人生を考えることができる。

だから、私のいう第二の道も長い眼でみると必ずしも悪くはないものなのだ。

『お茶を飲みながら』(エッセイ)

†

我々男女は人生においても愛情においても決して強くはない。むしろ弱いのだ。その弱さを自覚しないで純粋も誠実もありえないのである。

『愛情セミナー』(エッセイ)

†

人間は決して孤独であってはならぬし、人間はもう一人の人間を信じるようにせねばならぬ。

君の孤独は孤独のためにあるのではなく、そこから抜けでて信頼のためにあるのだ。

『愛情セミナー』（エッセイ）

†

今、考えてみると入試など何も人生最大の関門ではなかったことがよくわかるが、人間、妙な固定観念があって、真夜中、歯の痛い者が世界中で歯の痛みを感じているのは自分だけだと錯覚するように、受験準備をしている頃は入試だけが人生目標のすべてだと思いこむものだ。

このことは人間の感覚や思考が意外と陥《おと》し穴にひっかかることを示している。目さきのものをそれなりの評価をしないで、まるでそれがすべてだというような発想になる。その上視点を一寸変えれば、自分の評価が部分的にしか正しくないことがわかるのに、視点の移動をなかなかしなくなる。

『心の砂時計』（エッセイ）

†

風景のなかには二つある。一つは私がいつも見てはいるが、私とは結びつかぬ風景。そこに家があり店があり、車が走り、人が通りすぎるだけの風景。

そしてもう一つは、同じように平凡であるにかかわらず、われわれの心を触発し、心の中にたまった落葉を吹きあげ、枯葉にもう一度いきいきとした生命を与える風景。
この二つがあるのではないかと私は考える。

『ぐうたら好奇学』（エッセイ）

心の不可思議　心の暗闇

［心・真実・生命・宇宙］

心の底まで掘りさげつくすと何があるのか

人間の心もすべてあかるい場所、理解しうる世界である筈《はず》はない。人間の心のなかには他人には覗《のぞ》くことのできぬ暗間がある筈である。『ほんとうの私を求めて』（エッセイ）

†

小説家という仕事をやっているために私は人間の心の深さ、ふしぎさはたとえそれが奇怪にみえようと、非合理的に思われようと、決して無視したり軽視したりできぬと考えるようになった。

逆にいうと非合理的にみえ、奇怪にみえる人の心にこそ、人間の魂が何かを囁《ささや》き、何かを暗示しているように思われてならないのである。『心の砂時計』（エッセイ）

†

人間の心のなかには、最も昏く、最も秘密のある場所がかくれていることを。そしてその心の場所が本当はその人間にとって本音であることを……。

掘りさげても掘りさげても次々と層が発見されるあまりに深いもの――それが人間の心である。だが、掘りさげつくした最後に何があるだろう。それが小説家としても私は長い間、知りたかった。

『ピアノ協奏曲二十一番』（エッセイ）

†

この年齢になっても私はまだ心の底まで掘りさげつくしてはいないが、しかし自分の鍬《くわ》の反響が行きつくものを予感させている。それは人間の奥底に地下水としてほとばしり流れるあの大きな生命である。言葉をかえればすべての人間を包みこむ大きな生命である。

『心の夜想曲』（エッセイ）

†

我々には誰にでも、それを思い出すだけでも心が苦しくなる秘密がある。その秘密というのは、もちろん人によってそれぞれ違う。ある人には何でもないことでも、別の人には暗澹たるしこりを残しているかもしれない。そしてそれが、彼にとって一生、洩《も》らすことのできないような秘密になるかもしれない。

正宗白鳥という作家は、さすがにこのことをよく知っていた。

「人間には誰でも、それを他人に知られれば、死んでしまった方がましだという秘密がある」

そしてそれは過失ではなく、罪の匂いをともなった秘密だから、我々はそれを人に知られたくないのである。
過失は文学にはならないが、白鳥の言う心の秘密は文学になる。思えば私もその秘密を糧として小説を書いてきたようなものだ。

『足のむくまま気のむくまま』（エッセイ）

†

どんな人間にもそれを人に知られるくらいなら死んだほうがましだと思うほどの秘密が心の奥にかくされている。そしてその秘密は別に人を殺したとか、何かを盗んだという種類ではないが、当人にとっては思いだすのも苦しい秘密かもしれない。何だ、そんなことかと他人は考えるかもしれないが当人には嚙《か》みしめるのが実に辛《つら》い秘密なのだ。
心療科の医師たちは時にはその秘密を患者の口から告白させることによって、その肉体にあらわれた症状や神経の狂いを治療することがあるが、多くの人間はそういう症状が肉体に出ないから、自分一人でその秘密をまるで近よってはならぬ暗い洞穴のように一生のあいだ持ちつづけて生きていくだろう。

『生き上手　死に上手』（エッセイ）

†

私は小説家なので自分の心や人間の心を覗《のぞ》きこむことを仕事にしている。そしてそれゆえに私にも立派な宗教家ほどではなくても人間の心のなかにあるどうにもならぬこの自己撞着をかいま見ることができた。

『生き上手　死に上手』（エッセイ）

人生のなかで何よりも我々がもてあますものは心である。心を制御《せいぎょ》しようとして、それが本当にできたという自信のある人は私には羨《うらや》ましい。しかしその人が本当に心のなかにひそむ矛盾撞着を嚙《か》みしめて制禦したのかどうか疑わしく思うけれども。

†　『生き上手　死に上手』（エッセイ）

我々の心は探れば探るほど複雑で、奥ふかく、時には言葉などでは言いあらわせぬほど混沌としたものを持っている。

†　『変るもの変らぬもの』（エッセイ）

我々は「自分の心は自分が一番よく知っている」などと考えないほうがいい。むしろ「自分の心は自分の気づかぬ別のものに動かされている」と思ったほうが正確である。

†　『変るもの変らぬもの』（エッセイ）

心の奥の奥、あなたは御自分の心の奥の奥の洞穴がどうなっているかを御存知ですか。その洞穴はあまりに暗黒で不気味なほど静かなので何がひそんでいるか、あなたにもわからないのです。だが何かが動いていることも確かです。あなたは、それを知りたくはありませんか。

†　『ほんとうの私を求めて』（エッセイ）

科学の進歩は文明の進歩につながるが、文明の進歩と文化の進歩とを文部省もわれわれも、近ごろ再び混同して来たのではないだろうか。技術や科学文明が発達すればするほど人間が不幸になると単純なことは言いたくない。

だが近ごろは科学や技術の進歩が戦争の方法や軍備の進歩ときりはなせないものになって来ている。もし殺人の道具に人工衛星が使われるだけならば、またそのために理科を増員するならば、人工衛星などない方がいいかもしれぬ。科学に絶対性をおきすぎて夜空を仰いだあげく物干し台からおっこちるのはぼくだけで結構である。

人間が文明や技術を支配するためには時々われわれが立ちどまって「どちらが主人だ」と考えてみる必要がないだろうか。いや、人間の内部は宇宙よりも広く、探れば探るほど深いとパスカル先生もいっておられる。このあたりまえの事実を文部省もわれわれも時々思い出そうではありませんか。

『春は馬車に乗って』（エッセイ）

†

無意識の力と共時性の働き

悪戦苦闘の限りをつくした揚句、疲れ果てて諦めかけている時、突然まったく思いがけなかった突破口が心に浮かんでくることがある。
長い経験で私はそのふしぎな援軍が必ず来ることを知るようになったが、それが、どういう場合、どういう風にやってくるのか、その仕組はわからない。しかし、何となく予想できるのは、行きづまり、行きづまって悪戦苦闘の揚句、私が茫然としている時、その智慧とも霊感ともつかぬものは不意にやってくることだ。茫然としている時は無意識が作動してくる瞬間なのであり、無意識が働いてくれる時なのであろう。

『狐狸庵閑談』(エッセイ)

†

人間にはそれぞれ、当人の知らぬ無意識の力がある。
無意識のなかには想像以上の創造力、自己恢復力、病気を治す力(自然治癒力)などがかくれている。

『狐狸庵閑談』(エッセイ)

出来事は偶然に生じたのではない。出来事は次々と我々をかすめて通っていくのだが、それを見逃すか、つかまえるかで大きな違いがある。

つかまえるのは我々の無意識にひそむ何かだと、ユングは言うのである。あるいは無意識にひそむ何かが出来事をよびよせると言ってもよい。

『眠れぬ夜に読む本』（エッセイ）

†

私の知人に野沢重雄という農学者がいる。

数年前、筑波で開かれた科学博覧会で彼はたった一本のトマトに――何と一万個もの果実を稔らせて賞をとった。そのトマトは会場でまるで五百年もへたような大木となり、あまたの枝をひろげ、枝には無数のトマトが稔っていたのである。

彼はトマトを含めすべての植物には従来、我々が知っている以上の生命力が潜在していると考えている。そして従来の栽培法はこの生命力を充分に引きだしていないと主張する。

この考えにしたがって野沢氏は土ではなくたえず流れる一定温度の水のなかで苗を栽培した。苗の根に流れる水によってたえず刺激され、土の中で固定した時よりも養分や酸素を吸収する。そのために成長のスピードがちがってくる。トマトが巨木のように育ち、一万個も果実を稔らせるのはそのためだ。

彼の話をきいていると、我々は何と固定観念からぬけ出られないのかと反省させられる。

植物は土のなかに根をおろし、土から養分をとると我々は固定した考えを持ちつづけ、そこからぬけ出せない。一本のトマトに一万個も果実が稔るなど夢物語だと考え、百個か二百個の果実をつけるなら上出来だと勝手にきめている。野沢氏はその固定観念をつき破ったのである。

彼の話をきくと私は色々な意味で刺激をうける。

一本のトマトにもそれほどの潜在した生命力がある。だからこの潜在力を発揮させないネックを取り除いてやれば、驚くべき結果を生むのだ。人間だって同じなのではないか。人間にも自分でも気づかぬ生命力や能力がかくれているのだ、我々の長い間の固定観念がそれを封じこめて、存分に発揮していないのではないか。『異国の友人たちに』（エッセイ）

†

ストレスが胃に潰瘍を作る。心の痛手が肉体の病気を起こす。今ではこれは常識になって大病院に行くと心療科や神経内科のお医者さまがおられる。それは心と肉体は別々のものではなく、眼にみえぬ結びつきがあることがわかったからだが、一時代前の医学は心と体とは別々なもの、病気とはたんに生理的肉体だけに起こる障害と考えていた。

この心と肉体との結びつきと同じように、心と外界も別々なものではない。心に起こったことは何らかの形で外界に反映する。それがユング派の先生たちの共時性についての第一の解釈だ。

もし、そんな共時性の解釈が本当だとすると、私が『情事の終り』というグリーンの小説に熱中をしてロンドンを歩きまわった時、私のこの作家にたいする熱中が外界に反映して、次第に具体的な形をとり、エレベーターのなかで当の作者の姿となって現れたことになる。

こう書くと首をひねられる読者も多いだろうが、少なくともその出来事を単純に「偶然さ」と言って片付けられぬことだけはわかって頂けただろう。心のストレスと胃潰瘍との間に眼に見えぬ結び付きがあるように、共時性を持った心と外界との出来事には、我々の論理では割りきれぬ、ひそかな関係があることは否定なさらぬだろう。

もうひとつ、大事なこと。

心のストレスは肉眼では見えはしない。しかしストレスは自分の存在を具体的な形であらわそうとする。潰瘍という形である。

「見てください。これが、あなたの心の傷なんです」

と心はあなたに語っているのだ。その囁《ささや》きを聞くか、聞かぬかで、治療はちがってくる。

「そうか。俺の心にはそれほどストレスが溜《た》まっていたのか」

と考えて、職場のストレスを解放しようと試みるか、たんなる胃の病気と思って胃薬ばかり飲むかによって生きる態度はちがってくる。

だから共時性のある出来事にぶつかったならば「偶然さ」などと思わないで、この眼にみえぬ結びつきのなかで「心が囁いているものは何か」と考えたほうが、はるかに人生に深く足をふみ入れることができる。心の動きは眼に見えはしない。まして心の奥の奥のことはその当人にもわからない。

だが、その心の奥の奥は決して沈黙しているのではない。我々に語りかけているのだ。その言葉は時には夜の夢になったり、病気だったり、また共時性によって具体的に出てくるふしぎな出来事なのだ。そんな出来事や夢や病気は決して無意味なものではなく、あなたの人生に何か深いものを語っているのである。

『万華鏡』（エッセイ）

真実のあるところ

「心の琴線」とは心にある元型のことだといってよい。心の琴線にふれるとは、心にある元型にふれてくるということなのである。

『心の夜想曲』（エッセイ）

†

イエスがベトレヘムで生れたことは、事実ではないかもしれぬ。星に教えられてそのイエスをベトレヘムまで探しに行った東方の博士たちの物語は勿論、伝説であろう。しかし、人間をきよめる存在を——つまり人生の星を求める博士たちの物語を創らざるをえなかった心のほうが、私には真実である。真実は事実よりもっと高いのだ。

『イエス巡礼』（エッセイ）

†

うっかりして言った言葉は意識しない、いわば無意識で出た言葉だから本音なのである。

『心の夜想曲』（エッセイ）

†

殉教者の心理には三〇パーセントの虚栄心はあるかもしれぬ。三〇パーセントの狂心や自己陶酔もふくまれているだろう。しかし、それ以外のXもあるはずだ。そのXが我々人間にとって大事な部分なのであって、もし人間の行為をエゴや虚栄心に還元するならば、このXを我々は失ってしまう。『春は馬車に乗って』（エッセイ）

†

愛国心や具体的な国家意識が成立するためには、我々は他国にある種の敵意か、競争心を持たねばならぬからである。これは悲しいが明確な心理的事実である。たとえば、我々が外国に行く。すると今まで感じなかった国家意識をおぼえることがあるが、この意識の中にはあきらかに自分が今、異国人たちにとりかこまれて一人ぽっちだという孤立感や、それら異国人にたいする競争心、対立心がふくまれているのである。『春は馬車に乗って』（エッセイ）

†

「とに角、私は人間がどんな事態にも馴れるということを、この収容所に来て知ったさ。特にあのガス室の死体を処理する囚人たちを見ていてね……」

とヘスは急にひとりごとのようにつぶやいた。

死体処理の囚人たちは焼却炉まで死体をトロッコで運び、焼いた骨を粉々に砕く作業をする。そうしないと一日千人、千五百人も出る死人を処理する方法がないからだ。

「私は囚人の一人がガス室に転がっている死体の山のなかに、彼の妻のものを発見したのを見たことがあるよ。その時、その男はどんな態度をとったと思うかね。彼は一瞬、体をピクッと動かしたが、そのままいつものように黙々と作業を続けていたんだ」

マルティンは黙っていた。二階でかすかな物音がした。妻のオルガの足音だった。

「馴れだよ、君。それは適応性なんだ。その男も他の囚人と同様この収容所でもう何ごとにも無感動になっているんだ。たとえ自分の妻の死体がガス室に転がっているのを見たとしても、驚かなくなっているんだ。同じように我々も次第に今の生活に適応してくるさ。二重生活も平気でできると思うよ。戦争の時は戦争の人間で生き、平和がくれば平和の時の人間で生きる。そして過去は忘れるだろう。私はそう思っている」

「忘れられるでしょうか」

「人間の心はふかいもんだよ。底知れずふかいもんだよ」

『女の一生　二部・サチ子の場合』(小説)

†

ぼくはその時、いつかは自分が罰せられるだろう、いつかは自分がそれら半生の報いを受けねばならぬだろうと、はっきり感じたのだった。今日、人々が炎に追われ、煙に巻きこまれながら息たえていっている時、このぼくだけがかすり傷一つうけず何も犯さなかったように生き続けることはあるまいと思ったのだった。だが、この考えも別に苦痛感を伴ったものではなかった。ただ一に一を加えれば二となるように、二と二とを足したものが四であるように、こうした事実は当然のものとして頭にうかんできたのだ。

それだけのことだ。そして一昨日も柴田助教授と浅井助手とがぼくたちにあの行為をうちあけた時、ぼくは火鉢《ひばち》の中に燃えている青白い火を眺めながら考えていたのである。

(これをやった後、俺は心の呵責《かしやく》に悩まされるやろか。自分の犯した殺人に震えおののくやろか。生きた人間を生きたまま殺す。こんな大それた行為を果したあと、俺は生涯くるしむやろか)

ぼくは顔をあげた、柴田助教授も浅井助手も唇《くちびる》に微笑さえうかべていた。

(この人たちも結局、俺と同じやな。やがて罰せられる日が来ても、彼等の恐怖は世間や社会の罰にたいしてだけだ。自分の良心にたいしてではないのだ)　『海と毒薬』(小説)

生命の波動と死の波動

我々現代の日本人の心の奥にさえやはり宇宙の命のあらわれである花や小鳥をいとおしむなにかが働いている。それは我々日本人の根本にある自然観であり宇宙観であって、時代が変っても決して消えないであろう。そしてこれを機能第一主義の現代が消そうとするならば、我々は孤独になり、ストレスを起してしまうだろう。よい意味でのアニミズムを我々はもう一度、この生活のなかでとり戻すべきなのである。

『生き上手　死に上手』（エッセイ）

†

なぜ、植物までがそんな人間の心の波動を感得するのだろう。それはこの大きな宇宙に、愛の波動と憎しみの波動、いいかえると生命の波動と死の波動があって、命のあるものはその二つの波動だけは体内で感じるのではないか。一鉢の朝顔でもサボテンでもむつかしいことは理解できなくてもそばに近よる者の殺意には敏感に反応し、逆に愛情を感知するのではないか。

『変るものと変らぬもの』（エッセイ）

植木や植木鉢の植物に水をやる時、「有難うよ」とか「きれいな花を咲かせて」と声をかけてやると、たしかにイキイキとして、美しい花を咲かせるというのである。

『変るものと変らぬもの』（エッセイ）

†

たった一本の植物も我々が考えている以上に神秘的で複雑で、そして宇宙と結びついているような気が私にはしてならない。

『変るものと変らぬもの』（エッセイ）

†

眼《め》をつむって沼田は大地や樹々から酒のように醸し出されるむっとした青くさい臭いを吸いこんだ。生命の露骨な臭い。樹や鳥の囀りや、ゆっくりと葉々を動かす風のなかでその生命が交流している。

†

突然、自分の愚かさを思った。今、彼が感じとっているものが、人間世界の中では何の役にも立たない。そんなことは百も承知しているのにそれに身を委せている愚かしさ。ヴァーラーナスィの町は死の臭いが濃いのだ。あの町だけではなく東京も。それなのに小鳥たちは楽しげに歌っている。

『深い河』（小説）

†

復活とは我々が我々を生かし、我々を包んでいるあの大きな生命に戻り、そのなかで生きるということなのである。この大きな生命を仏教者も禅などによって体で感じている筈だ。そしてそれを悟りとよんでいるが、悟りを更にこえた生命体に参加することを復活というのである。

『生き上手　死に上手』（エッセイ）

†

ながい間、私たちは人間をふくめた地球のもろもろの生命を科学の眼を通して見てきた。しかしこれは地球というものを見るための、細分化された視点であったり視力であり、それはそれとして大いに役だったのだが、全体をみることを忘れていたのではないか。そして細分化された視力だけを絶対だといつの間にか信じるようになって、それが現代まで続いてきたのではないか。そして物質の一部分はよくわかるが、宇宙の大生命については無視してしまったのではないか。

『ひとりを愛し続ける本』（エッセイ）

†

私が中学校の時、雨の日に林のなかで首をつった人がいた。警察がくるまで数人の人が騒いでいたが、林の入口に彼が飼っていた犬がじっと坐っていた。登校の途中、そこを通りかかった私は、前脚に首をのせて、主人の死んだ林を見ていた飼犬の眼を今でも忘れない。犬というのはそのようなものだ。

私が洗礼を受けたのは自分の意志からではなかったが、その後、私にとってあの林にいた犬の眼が人間をみるイエスの眼に重なることがある。

小鳥だってそうだ。私は十姉妹《じゅうしまつ》を飼ったことがあるが、その一羽が病気になり、私の手のなかで息を引きとったことがあった。うすい白い膜が彼の眼を覆いはじめる時――それは十字架で息を引きとったイエスの眼を私に連想させた。

犬や小鳥はたんに犬や小鳥ではない。それは我々を包み、我々を遠くから見まもっていてくれるものの小さな投影なのだ。そう私は次第に思うようになった。

『落第坊主の履歴書』（エッセイ）

†

「御存知ですか。水をかけてやる時、植物に話しかけておやりになると、相手は理解するのですよ。嘘だとお思いでしょうが、やってごらんなさい」

彼女は下町の育ちの、やはり植木が好きな、心やさしい人妻だった。

正直いってそう言われた時、半信半疑だった。そんな莫迦《ばか》げたことがあるのかという気持と同時に、ひょっとして草木にも特別な能力があり、人間の言葉はわからずとも、こちらの願望は敏感に感じとってくれるのかもしれぬという気がした。

当時、一つの植木鉢に朝顔の苗を植えていた。子供の時から朝顔の好きな私は、しめきった仕事場の隅にも、朝方に大輪の花を見たかったのである。

彼女から教えられた翌日から、私はその朝顔に水をかけるたびに、

「たくさんの花を咲かせてくれよ」

と声をかけた。そして自分の声がいかにも相手から利得をせしめようとする猫なで声であるのを感じ、今度は息を吸いこんで真剣な呼びかけを行った。

この一方的な説得は毎日つづいた。その説得が功を奏したのか、その夏、たった一つしかない朝顔の植木鉢には次々とねじれた蕾《つぼみ》があらわれ、氷いちごのような色を帯びはじめ、二、三日すると眼をさました私に笑いかける花が待っていた。

それだけなら、私は別にふしぎに思わなかったにちがいない。夏がおわる頃、私が朝顔にかける言葉はちがってきたのである。

「枯れないでくれよ。いつまでも花を咲かせろよ」

そしていたわりの言葉をつぶやきながら水を注いだ。

その結果、驚いたことには、秋になっても朝顔の花は絶えなかった。もちろん、夏のように毎日一つや二つというわけにはいかなかったが、週に二つほどの花は私の眼を楽しませてくれたのである。

「みろよ。この朝顔」

と私は家人に自慢した。

「人間の言葉が通じているらしい」

「本当だわ」と家人は言った。「はじめて見ましたよ、十一月にも朝顔が咲くなんて」

「よし、こうなれば冬の間も咲かせてみる」

読者はおそらく私の次の言葉をお信じにならないかもしれない。しかしもし何かの時に私が雪のふる外で、大きな花を咲かせた植木鉢をかかえた写真をおめにかけられたら、どんなにいいだろう。

本当なのである。私のアルバムには、この記念すべき、そしてギネス・ブックにだって掲載されるかもしれない証拠写真がはりつけてある。

その日、東京は大雪がふった翌日だった。にもかかわらず、仕事部屋には大輪の赤い朝顔が両手を存分に拡げたように咲いていた。

『ピアノ協奏曲二十一番』（エッセイ）

地球は生きている

地球は生きている、宇宙の生命体のなかで活動している。

『生き上手　死に上手』（エッセイ）

†

森のなかに寝そべって白雲莫々《ばくばく》たる空をみていると私は宇宙は生きており、そして我々の地球もひとつの生命体であるという気持を持ってくる。一匹の毛ジラミは自分が血を吸っている人間の体が生きていることを知らない。それと同じように我々も地球が生きていることに気づいていないのではないか。

『生き上手　死に上手』（エッセイ）

†

森のなかに寝そべって、ふかぶかと息を吸う。
いや、息を吸っているのではなく、宇宙の命を吸い込んでいるのだと思うようにする。
そしてこの命が体内をゆっくりと廻り、体内に充満することを考える。充満した自分は森のなかの樹々と同じであるというイメージを持つ。
そうやって毎日をすごした。とても疲れがとれた。疲れがとれただけでなく、何ともいえぬ活力を与えられた気持がする。

『生き上手　死に上手』（エッセイ）

†

私が茶道で一番、心をひかれたのは「沈黙の声」を聴くということだった。茶室ではすべてのものが緊張した静寂を作り出そうとしている。しかしその静寂は「何もない」ナッシングの空虚な静かさではない（と、私は感じた）。その静寂は表面は無言だが、宇宙のひそかな語りかけに接することのできる静かさであり、我々はその語りかけを耳にするために静寂な茶室に坐《すわ》るのだ。

『生き上手　死に上手』（エッセイ）

†

沈黙とは普通、解釈されているようにナッシングの世界とは限らないのだ。私は最近茶の稽古《けいこ》に通っているが茶室の静寂はもうひとつの世界からの語りかけが聞えるということが前提になっている。日本画の空白は奥深いものの表現にほかならない。同じように「沈黙」の背後にはそれを聞く耳を持った人間ならば、きっと聞くことのできるX《エックス》がひそかに息づいている筈《はず》だ。

『生き上手　死に上手』（エッセイ）

†

静寂には色々な種類がある。まったく何もない空虚がもたらす静寂がある。しかし一方、そのなかにあまりに奥深いものがつまっているゆえに表面、静寂の形をとるという事もある。

卑近な話、しかるべき茶室に静座してみるとよい。茶室のなかはしんと、静かである。しかしこの静かさは決して何もない静かさではない。大袈裟《おおげさ》にいうと宇宙がそこで何かを語りかけているが、その言葉が我々の言葉と違っているので「静かにみえる」ような静寂にちがいない。これは茶人ならひとしく感じていることである。

だから、ひょっとすると、我々が人生の不幸、苦しみ、矛盾に出会って神仏を呼んでもなんの言葉も聞えぬあの沈黙、あの静寂も、決して、何もない空虚のためではなく、向うの言葉が我々の言葉と違っているので「静かさ」なのかもしれない。

『生き上手　死に上手』（エッセイ）

†

仕事である地方まで出かけた。二年前、同じ所に行った時、途中の風景がすばらしかったので、ふたたびそれを見られるのが楽しみだったのである。

だが、私のこのささやかな期待は完全に裏切られた。道々、私が二年前、足をとめて観《み》たうつくしい森、丘の起伏はすっかり形をかえ、無残にも工場にとってかわられていたのである。

私はもちろん、自然よりも人間生活の需要のほうが第一義であることを知っている。われわれは自然にみとれていては文明の進歩も生活もないことを知っている。

しかし、うつくしい風景——それはまた日本の財産である。子孫に残してやらねばならぬ財産である。

五十年後、百年後に、われわれの子孫が、私たちによって、うつくしい風景が破壊されたことをうらみ、うつくしい自然をたのしむことができないのを嘆くなら、その時、なんと弁解したらよいだろう。

風景もまた日本の財産であることを、もう一度、私たちは考える必要はないだろうか。

風景は一度、それを破壊してしまえば、元へ戻すことができぬことを、考える必要はないだろうか。

私たちは自分だけのために今日、生活しているのではない。私たちが死んだあとにこの国で生活する者たち——つまりわれわれの子孫のためにも生きているのである。

子孫のために、美しい風景を残してやろう。

子孫のために、美しい風景を保ってやろう。

彼らが、私たちの眺めた山河を、同じようにたのしむことができるように。

子孫のために美しい風景を残してやろう。

『春は馬車に乗って』(エッセイ)

†

飛行機から日本をみおろすと、あちこちに無残なまでに山が削られ木が倒され、かつての

「美しい日本の風景」は「醜い日本の風景」に変わりつつある。

この間、テレビを見ていたら中米コスタリカの森林木材を一番たくさん買う国は日本だと報道されていた。

そんなにたくさん買った木材は一体何に使われるのか、ひょっとして紙を作るのではないか。

無意味な私の郵便の山の紙。本屋で本をカバーする紙、そしてゴージャスな包装紙。そのために木材をたくさん輸入するとしたならば、日本人はやはりこの際、考えねばならない。紙を節約することは木を守ることにつながり、木を守ることはそこで生きている鳥や虫などの生命——つまり自然体系を守ることでもある。これからの地球の苦しみ——自然破壊——は毎日の我々の日常生活のなかでも行われているのだ。

『異国の友人たちに』（エッセイ）

［創造・文化・仕事・ユーモア］

人生体験ではなく芸術体験という真実

創造する悦びは人を、世界を刺激する

私のような小説家はいつも思うのだが、自分が小説を書くようになったのは——多くの人が誤解しているように自分の人生体験からではない。人生体験という事実ではなく芸術体験という真実のおかげである。つまり学生時代や青年時代に色々な小説を読んだり絵をみたり、音楽を聴き、大きな芸術的真実にひたったのち、自分もそのような表現をやってみたくなったからである。さまざまな芸術作品の共同体の働きのおかげで私も小説を書くことができるようになったのだ。私だけでなく、ほとんどすべての小説家や画家や音楽家たちは彼等のつまらぬ人生の事実よりは、芸術作品という真実の人生の集合体の働きから創造する悦《よろこ》びを教えられた筈《はず》だ。

『万華鏡』（エッセイ）

†

「醜の美学ってわかるかな？　わたしたち、醜の美学を主張しているの。正義派の画家たちは美しいものと醜いものとにこの世界をわけるでしょ。絵の素材になるものと、素材にならぬ醜いものとを区別してきたのよ。でもわたしたちはね、どんな醜いものにも美があって、それを見つけるのが絵だって考えるの。わかる？」

『スキャンダル』（小説）

†

昔の日本には文化がありました。しかし外国に行くと、一寸ぶつかっただけで、ソーリーと言ったり、女性がエレベーターに入ると見知らぬ人が帽子をとったり、視線があうと微笑してくれる――そういう風習が残っていて、私はそれこそ文化だと思うのです。

オペラ団を外国から招いたり、有名演奏家を東京で演奏させたりするのも、もちろん結構ですが、道で肩がふれれば失礼と言い、見知らぬ人間と視線があえば微笑む風習を我々日本人も学んでこそ国際的になったと考えるのです。

『異国の友人たちに』（エッセイ）

†

一流国とは経済的な問題だけではない。文化的にも芸術的にも世界を刺激する何かを創造する国である。

『異国の友人たちに』（エッセイ）

†

体には遺伝子というものがある。そして、その遺伝子が子に伝わり、孫に伝わっていく。言葉もこの遺伝子と同じように、先人たちからの伝承、集積なんだ。

日本人の感性、文化、教養の集積が、言語に表われてくる。言葉はたんに意味を伝えるだけでなく、その背後に日本の文化というものが隠されていることは承知しておいたほうがいい。

『らくらく人間学』（エッセイ）

†

何かやったら過ちもおかすだろう。人生はもともと過ち、失敗の連続なのに、そういう過ちだけを取り上げるという精神は、とってもよくないと思うんだよ。それこそ人間を堕落させる甘えだ。芸術だって、すべて失敗したうえで成立するんでしょ。完璧なものなんかあるもんか。

『ぐうたら社会学』（エッセイ）

†

一流国とは経済大国であるだけでなく文化でも一流であるという条件をそなえねばならぬ。

『心の砂時計』（エッセイ）

†

社会人は作法を守っていく。それは虚礼には違いない。そんなことはしなくてもいいんだ。しかし、しなくてもいいことだから〝文化〟なんだ。

文化というのは、「無駄なもの」「無意味なもの」に価値をみつけること。たとえば小説などはなくても人間、飯は食える。古典芸能がなくても社会生活になんら不便はない。だが、この無駄なもの、無意味なものの中に意味を見出すのが文化なのだ。これは文明とは違う。機能を認めるのが文明で、ちかごろはだから、文明人ばかりで文化人が出てこなくなった。

『らくらく人間学』（エッセイ）

〝断る〟というのが、日本人は非常に下手だな。外国人から断られたことがあるが、これは実にうまい。ぼくの本を翻訳した人がある英国の出版社へ持ち込んで断られたことがあるよ。その断り状が翻訳者とおれのところに来た。

†

まだ覚えてるけどね。わたしはあなたの作品に個人的には非常に感動した、とあってね。〝バット〟とつづくわけだ。現在の情勢が（出版を）許さないことを、わたしがどんなに悲しく思っているかおわかりでしょう——といった言い方をする。

外国にはサロンというものがあって、そこで男が女に言い寄る。そのときに相手の自尊心を傷つけないで、それを断るという表現技術がしだいに発達したんだな。断り方というのは男女関係から始まる。これが一番うまいのはフランスだと思うな。

日本だって平安時代だったら、断るうまい歌を作って返してたんだろう。そういう男女のかけひきというのは文化だよ。色恋ざたの中に、文化がだんだんなくなってくる、というのは、さびしい気がするな。

表現の自由とか、セックスの解放とかいうのは文明だよ。最終的にはセックスにつながるにしても、それを幾重にも包んでぼやかしたり、ごまかしたりするのが文化じゃないか。つまり抑えるというのが文化だよ。それがだんだんなくなってきている、というのはおもしろくないよ。「民主主義の名において、あなたを愛します」とか、「結婚します」式の言い方がふえてきててね。

これは、イエス、ノーがはっきりしていることとは違うんだよ。結果において、イエス、ノーははっきりしてても、いかにそれを表現するか、ということ。

そういう文化がいまの日本にはなくなってきているじゃないか。

『ぐうたら社会学』（エッセイ）

†

文化というのは、まず裏表がなくちゃいかんと思うよ、人間に。ジキル博士とハイドの陰険な裏表じゃない。文化のあるところ、たとえば京都なんか行ったら「はい、ようういらっしゃいました。どうぞお上がりくださいませ」と座ぶとんを置く。東京人とはいえ、おれみたいな田舎もんは、すぐにそれに腰かけるやろ。それから「はあー上がっておぶづけ食うてっておくれやす」とまた言うから、ほんとうに上がっておぶづけ食うと、あれは作法を知らん、とあとで悪口言うやろ。

これは、ほんと言ったら、文化やとおれは思う。文化というのは形式、約束事だろう。そんなんは正直じゃない、誠実じゃないと思うかもしれんけど、約束ごと知ってるのが文化ということで、おたがい、人間生活を送っていくための知恵だと思うんや。

『ぐうたら社会学』（エッセイ）

†

外国の都市では街路樹の整備に随分と金をかける。そのおかげで堂々たる樹が街にうるおいを与え、市民の疲れをとる。この「うるおい」が都市生活者にとってどんなに大事であり、深い役割をしているか承知しているからだろう。まさに無用の用なのである。そして無用の用が文化なのである。

目先に役にたつことを追いかけるのは文明であって文化ではない。東京には文明はあるが文化が乏しいのはそのためだ。

これは何も都市の問題だけではない。我々の人生にとっても同じことがいえる。さしあたって役にもたたぬことの集積が人生をつくるが、すぐに役にたつことは生活しかつくらない。生活があって人生のない一生ほどわびしいものはない。　『生き上手　死に上手』（エッセイ）

†

いい本だからといって義務的に読むべきではないと思います。その人にとって良書というのは、決していい本のことではない。それはその人が持っている問題意識を疼《うず》かせる本のことを言うのです。　『お茶を飲みながら』（エッセイ）

眼にみえぬものを実現する価値

人に優しかったり、細かく気を遣ったりするのは女々しいと思われがちだ。しかし、本当の男らしい男になるためにも、優しさが必要であり、相手に対する細やかな気づかいも大切だと思う。

というのは、これは他人の心を想像する力があるからできるので、想像力のない奴は相手の心情が分からない。相手が寂しいのか、悲しいのか、それに気づくような奴は想像力があるということです。これが、男らしい男なんじゃないかな。

優しさというと、男性的とは異質じゃないかと思う人がいるかもしれないが、本当の男らしい男の条件には、この優しさが不可欠だと思う。

『らくらく人間学』（エッセイ）

†

心のこまやかさ、やさしさ、礼儀正しさ。それらを日本の男たちのなかには軽視する者がいるが、本当の男とは心やさしい者なのではあるまいか。本当の男とは心こまやかな者なのではあるまいか。本当の男とは礼儀正しい者なのではあるまいか。

『変るものと変らぬもの』（エッセイ）

†

じっと良く見ると同じ素材、同じ形に描いていても、ニセモノというのはホンモノにくらべて品がない。芸術というものは怖《おそ》ろしいもので、作者の品性がやはりはっきりあらわれるのだな。つくづくあの展覧会を見て感じたよ。

『狐狸庵うちあけばなし』（エッセイ）

†

成人式の日、関西のある市で若い人たちのために、つたない話をした。まず、「有難う」という言葉と「すみません」という言葉がすぐ口に出るようにしてくれたまえ、と言った。その言葉が口に出るようになれば君たちは大人に一歩、前進したのであると語った。

というのは原宿に住む私はよく歩道で若い人とすれちがい、時には体がぶつかることもある。外国人ならこんな時、条件反射的に、

「失礼」

という言葉が口に出るが、日本人の若者は黙っている。これからあなたたちも外国に出かける事が数多くなるだろうから、「失礼」という言葉がすぐに出る習慣を持ちたまえ。

『変るものと変らぬもの』（エッセイ）

†

礼儀はたしかに虚礼だと思います。しかし虚礼だからこそ文化なのです。ムダなもの、即座には役にたたぬものこそ文化と私は思います。

『変るものと変らぬもの』（エッセイ）

†

電話はその人の品性をあらわすと言っていいだろう。

『心の砂時計』（エッセイ）

†

ぼくがもっとも謙虚だと思うのは、その人間が自分の実力にあわせた対応をすることだ。謙虚な態度とは、自分が自分をどう評価しているかということの端的なあらわれでしょう。だから自分の後輩に「俺なんかはツマランもので」などといってみせるのは見苦しいし、やっぱり先輩は先輩らしくしていい。そして彼は自分のさらに先輩に対しては、「いや、どうもしばらくでございました」といったりするのも、また素直な筋道だという感じがする。

肝心なのは後輩に対して腰を低くすることではなく、相手を温かく迎えて、その考え方が自分と違っていても耳を傾けてあげることだ。若い者の機嫌をとるようなことは、ぼくは少しも謙虚だとは考えない。化けの皮はすぐに剝《は》がれる。

『らくらく人間学』（エッセイ）

†

自己弁解ができるから、人間は生きていけるのであって、もし我々に自己弁解という都合のいい慰めが見つからなかったならば、失敗者の三分の二は自殺しているかもしれぬ。

『愛情セミナー』（エッセイ）

†

みのるほど　頭《こうべ》をたれる　稲穂かな

というが、じつはこれも威張りかたのウラ返しの表現と受けとれなくもない。偉くなるほど腰が低くなるのは、必ずしも謙虚さをあらわしているわけではなく、自信があるからこそ腰を低くしているという場合だってある。

かつて総理大臣だった竹下登さんは腰が低いし、宮沢喜一さんにもお目にかかったことはあるけど腰の低い人です。つまり腰が低いというのは、男にとっては自信のあらわれなんだ。人間はだいたい50を過ぎる頃になると自分の力量が測定できるし、知っていることと知らないことの区別もつく。だから腰を低くするということは同時に、俺はこれだけ自信があるんだぞという意思表示でもあるわけだ。

『らくらく人間学』（エッセイ）

†

信ずることは眼にみえぬものに賭けることである。もしくは眼にみえぬものを実現するために努力することである。

『愛情セミナー』（エッセイ）

†

私は戦後はじめての仏蘭西《フランス》留学生ですが、まだ日本が戦争の被害から立ちなおらず、他の国々と国交もなかったその頃《ころ》、フランスで勉強できたのは、当時、心のなかでいつも「いつか、俺《おれ》は留学する」と念じていたせいだと今でも思っています。信念は心の底に無意識にしみこみ、それぞれが力となって自分の夢を実現させる方向にもっていくことを私はその時はじめて知ったのでした。『ほんとうの私を求めて』（エッセイ）

†

しっかりした信念のないことは情けないことである。そして本気で怒れない人間は情けない人間である。それは重々、わかっているのであって、二十数年間、しっかりした信念をもつよう、ほんの僅かは努力したつもりであったが、今のところ、その努力は無駄だったようである。

一方では自分で自分を情けないとは思いながら、しかし他方では信念をもっているような発言をする人、他人を強く裁く人、自分の考えは正しいと思っている人に出会うと、なにかウサン臭さを羨望《せんぼう》と同時に感ずるのは何故だろうか。それはそういった人には他者の立場に身をおいて考える想像力の欠如があるからだろうか、それとも一種の偽善の臭いがその周囲に漂うからだろうか、あるいは強者にたいするヒガミのせいだろうか。

『ぐうたら好奇学』（エッセイ）

†

〝ゆとり〟というのは想像力の問題ではないかと思うんです。一つのものをある一つの視点だけから見ないで、別の視点からも見ることができるということですね。Aの視点だけから見ると黒だったものが、Bの視点から見ると黄色かもしれない。だから、Aの視点だけに限定されず、Bの視点からも見ることができる目を持つことが、私は〝ゆとり〟の根底だと思うんです。

『お茶を飲みながら』（エッセイ）

†

私は日本の医学生教育の一番大きな欠陥の一つは、患者心理についての講座が充実していないことだと思っている。

また日本の病院の欠点は、そこで死んでいく多くの者への慰めの教育や雰囲気や設備にまったく欠けている点だと思っている。大病院であればあるほど、医学尊重、人間軽視の何かが何となく感じられるのはなぜだろうか。

もちろん、患者のなかには得手勝手な連中がいる。素直でなく、世間での地位を鼻にかけて病院でも我儘を言う者がいる。しかし大部分の患者は、治りたい一心で医師の言いつけに温和しく従うのである。こうした患者に無意味な屈辱感や必要でない苦痛を与えないようにするには、ほんの一寸した心づかいやものの言い方があれば事足りる時がある。にもかかわらず、そうした心づかいやものの言い方が軽視されている実例を、私は幾度となく目撃してきた。

大きなこともたくさんあるが、ほんの一寸した一例を出そう。都内のある大学病院の腎機能検査室を見ていると、男女の患者をコミにして三十分、一時間毎に尿の検査を行っている。それはもちろん当然の検査法だが、その際、廊下の端にあるトイレから自分の尿を入れた尿器をその都度、検査室まで持参させるのである。

通過する廊下には他の患者たちもたくさん坐っている。男性でもそうしたなかを自分の尿を入れた尿器を手にして歩くのは恥《はずか》しいのに、妙齢の女性ならどれくらい心理的に苦痛かは誰にもわかる筈《はず》である。誰にもわかることを、この大学病院は一向にわかっていない。

これはこの大学病院の、

「一寸した心づかいや思いやり」

の大きな欠如だと私は思う。そしてこうした一寸した例は、大きな病院には至るところにあり、その無神経が集積すると、患者はやはりたまらない気持にさせられるのである。

『足のむくまま気のむくまま』（エッセイ）

†

ぼくは人間だけにあるのは歓喜だと思う。幸福を超えた歓喜。

イヌにメシを与えてごらんなさい。うれしそうに食べる。これは自己充足、快楽でしょう。イヌが寄りすがってきたとき、頭をなでてやると尾っぽを振るでしょう。あれは幸福ですよ。快楽じゃない。

おれ、イヌってのは感情があると思うよ。欲求の満足は快楽だけど、感情の満足は幸福だからね。それはデカルトがちゃんと分析してるじゃないか。

しかしイヌには歓喜はない。歓喜があるのは人間だけだよ。歓喜というのは聖なるものだよ。

『ぐうたら社会学』（エッセイ）

おしゃれの楽しみとは、ぼくが考えるには、たくさんお金があって、何でも買えたら逆に楽しくはないと思うんですよ。ある限られたお金の中であれこれウインドーショッピングなどをして、その中で自分の趣味と経済状態に合わせて、そのなかでできる限りうまくやるというのが最高ですね。

†

でも、ぼくは一着くらいは、少しくらい無理をしても非常にぜいたくなものを持つというのは必要だと思うんです。というのは、それを着ることによって自分も心が豊かになるし、人の前でコンプレックスを感じないで済むし、それ以上に、いいものを着ると必ずそれにふさわしい人間になっていくというのがぼくの持論でね。『狐狸庵うちあけばなし』（エッセイ）

仕事は男の本能に根ざしている

多くの男が停年やその他で仕事から離れると急に気力がなくなり、急に老《ふ》けるのを見ると、我々にはやはり仕事のあることが健康の秘訣《ひけつ》のような気がしてならない。

『ほんとうの私を求めて』（エッセイ）

†

プロの一生とは不断の勉強の集積だ。一日も休めない。勉強以外ほっとしている時も、棋士は将棋の事を考えているだろうし、力士も自らの角力のことを思っているだろう。プロ野球の選手も同じであり、作家もそうなのである。夜の夢のなかでもそれを考えていることさえある。プロとはそういうものだ。そしてその時のほうが勉強の時間よりも大事なのだ。

『生き上手　死に上手』（エッセイ）

†

何故、男性は出世欲にとりつかれるのでしょう。出世ということが、ある幸福の状態を示すから、その幸福を摑むためだという解釈もなりたちますが、それだけではないのです。功なり名をとげて、いわば世間の人から「出世した」と考えられている男が、なお様々な仕事に手を出すのをぼくたちはよく見るのですが、それは彼の出世欲の烈しさというよりは「動かずにはいられない」男性の本能に根ざしているわけです。つまり次から次へと自分の眼前にあらわれる運命なり、仕事なり、事業なり、抵抗力のあるものと闘う時の、イキイキとした充実感、生命感が男性にとって非常に大切なのであります。

『恋することと愛すること』（エッセイ）

†

長い間、日本の社会では、看護婦は外国のそれのように敬意をもって見られる職業ではなかった。

しかし今の我々はこの仕事が人々のためにどんな素晴らしく価値ある仕事かも知っているし、高度の訓練を要する職業であることもわかっている。それだけに若い女性がこの世界に誇りをもって入ってくれると考えていただけに、若い女性が避けている事実を見ると、これは重大な問題だと思わざるをえない。

私は看護婦の仕事が「きたない」こともしなければならず、それに「きけん」が伴うことは仕方ないと思う。それを承知でこの仕事につくにはやはり他人への愛が必要だ。この他人への愛が日本の若い女性に次第に薄くなっているのではないか。

それには色々な理由がある。宗教などに対する軽蔑、人間の幸福についての物質的な見方。——おそらく戦後の日本人の教育がこうしたことを重視しないで、富の追求と受験勉強だけに集中した結果だろう。

『異国の友人たちに』（エッセイ）

†

アクセク働かないと不安なのだ。自分が不真面目のような気がする——そんな日本人は多いのではないだろうか。

そのくせ、いつかは隠居して、その時は人生を楽しもうとその人は考えている。その楽しむための貯金もしなくちゃ、と考えている。

しかし、その時がきた時、彼はもう若くはない。かなりの老人だ。

『変るものと変らぬもの』（エッセイ）

†

ある料理の専門家と話をしていた。

同じ刺身で同じ材料を使って、板前によって味がちがうのはどうしてでしょうか、と私はたずねた。

「あたり前ですよ。切れ味がちがいます」

とその料理の専門家は答えた。

「それが勝負です」

『ほんとうの私を求めて』（エッセイ）

†

私は「よく遊び、よく学べ」という言葉の好きな男だが、遊びというものはそれが幸福感と結びついている以上、人間にとって必要なものだと信じている。『狐狸庵閑談』（エッセイ）

†

家族サービスでじっと愚妻の三味線を聞くこともある。わからないなりに老妻の三味線の音に耳かたむけていると、どうも音に緊張感のない部分がある。それは上手《うま》いとか下手とか（はじめから下手なことはわかっているのだ）にかかわらず、ピンと張ったものがない。音に芯《しん》がない。その部分を指摘すると、彼女はハッとした顔をする。どうしてわかるんですか、と言う。

「文章でもそうさ」

私はニヤニヤと笑う。私にはとてもむつかしいが、先輩などの名文には文章に芯がある。コクがある。私はそういう芯のある文章、ピンと張った何か（その何かを更に説明するのはむつかしいが）の感ぜられる文章を名文と思っている。『ほんとうの私を求めて』（エッセイ）

†

批判というのは、人間のさびしさ、人間の違いということをわかった上で書くもんだと思うよ。『ぐうたら社会学』（エッセイ）

「小説とはこの世界のさまざまな出来事のなかから、宇宙のひそかな声を聞きとることだ」

†

この世のさまざまな出来事とは、別に茶室の茶器や諸道具のように清浄にして美しいものだけを言うとは限らない。

いや、むしろ、その反対である。あまりに醜悪な、よごれきった人間的行為や心情の奥底にも実は宇宙のひそかな囁《ささや》きが聞える、と私は次第に思うようになってきた。

そしてそうした醜悪な心情や行為や人間ゆえのよごれのなかに深い意味があるのであって、その意味をほり出すことが私の今の大きな関心事である。『生き上手　死に上手』（エッセイ）

ユーモアの根底には愛情がなければならぬ

笑いとは必ずしも相手を笑うことだけではなく、他方では相手に笑うことがあるのである。「相手を笑う」のではなく「相手に笑いかける」ことには一つの意味がある。第一に我々が言葉を信じなくなった場合、なお人間と人間とのつながりを持とうとする時、我々は微笑する。たとえば我々が自分の孤独を相手に説明できず、また相手にわかってもらえぬと思った時でさえ、我々は最後のつながりとしてさびしい微笑を相手に向ける。

だから相手に笑いかけるとは、必ずしも相手に優越感をもつのではなく、他人と交流しようとする意志のあらわれだというべきであろう。『よく学び、よく遊び』（エッセイ）

†

ユーモアが本当にユーモアであるのは、それがこの人間世界のなかに愛情を導き入れる技術だからである。人間を軽蔑するところに本当のユーモアはない。ブラック・ユーモアの考え方はあまりに近代的すぎる。

私はユーモアという言葉に黒いとか灰色という形容詞をつけたくない。ユーモアの根底には愛情がなければならぬと思うのだ。

『春は馬車に乗って』（エッセイ）

†

ユーモアがないというのは、心の余裕がないということです。

『ぐうたら社会学』（エッセイ）

†

滑稽《ユーモア》ということは現実にあるのではなく、創りだすものだ。

『お茶を飲みながら』（エッセイ）

†

人に笑われるというのは別にこちらの努力を要しない。しかし人を笑わすというのはかなりの努力とかなりの技巧のいるものなのである。

『春は馬車に乗って』（エッセイ）

自分の足元を見つめなさい

訪日する外国人たちにいつも日本人の関係者があまりにたくさんの贈りものをしすぎるということだ。それほどの理由もないのに、高価な日本人形からキモノまで贈りたがる。これは外国人に対する日本人の一種のコンプレックスのあらわれにちがいない。そして日本にきた外国人たちも、この国の過剰なサービスにホクソえんで、やがて図々しくなってゆく例を、僕はいくども見たことがある。一方、彼ら外国人といえば、一般にケチなのであって、贈りものをする場合にも、身分相応に合理的な方法をとるものである。我々日本人も今後もう少し合理的なケチになろうではないか。

『春は馬車に乗って』（エッセイ）

†

石油ショックがもし我々にいい点を残したとしたら、それは無尽蔵にあると錯覚している石油も樹もその他の資源も限りがあるという事実を知らされたことだった。

その事実を今、我々はすっかり忘れている。そして、日本という世界でも稀な消費社会の渦に巻きこまれて（実生活はそんなに金持でもないのに）、多くのものを無駄遣いして平気になっているわけだ。

消費税に怒るのはいい、しかし「庶民の生活を考えろ」と言うなら、庶民の生活のなかでもこういう資源の無駄遣いを我々がやっていることも考えていいのではないだろうか。

『心の砂時計』（エッセイ）

†

率直にいって私は、欧州の人や米国人が核爆発や放射能のおそろしさを抽象的にしか知らないのではないかと思う。彼らの国は広島や長崎の地獄絵を見なかったし、またその実験はたえず彼らの国から遠く離れた太平洋やシベリアでしか行われぬ。この恐怖やおそろしさはまだ彼らの上に理窟としてわかっても、実感として起ってこないのではないか。

私は五年前のある経験を思いだす。私は当時、フランスにおり、フランスの学生たちの原爆反対の会に出席したことがあった。その日、私は偶然、ポケットに日本のグラフ雑誌に載ったあの日の広島の地獄そのままの写真を入れていた。私は彼らにそれをみせたのである。「こんなのだったのか。こんなにスサまじいものだったのか」彼らは顔をそむけ、苦しそうに呻《うめ》いた。しかも彼らはこの事実を知らずに原爆反対の会を行っていたのである。それならば他の無数の西欧人はどうなのか。彼らはまだ私たちが持っている恐怖を見ていないのではないのか。

私はあの日のおそろしさをフィルムや写真を通じてもっともっと具体的にあの人たちに広く知ってもらうこと、彼らにも我々と同じ不安を持ってもらうことが、会議やデモよりももっとも有効な核実験反対の訴えの一方法になるのではないかと思う。

『春は馬車に乗って』（エッセイ）

†

これからの日本人はやはり国際人として通用しなければならないんだから、まあ外国語を懸命に覚えるのもいいけれど、そのまえに国際マナーを身につける必要があるのだと思う。日本人はたとえばお茶・お花とあれだけ奇麗なマナーを持ち、それを多くの人が習っているというのに、日常生活となるとそれが生かされない。その格差が大きすぎるのもじつに不思議だ。

『らくらく人間学』（エッセイ）

†

潤沢のための貧困というと一見矛盾したことばのように聞えるかも知れないが、しかしこれは決して矛盾するものではない。

物は何でも今の世代にたいして潤沢である。手を出してとろうとすれば、さまざまの物がすべて棚の上に並んでいる。物だけではなく知識についても同じことがいえる。いかなる知識をも、得ようとすれば、ほとんどやさしく、手軽に仕入れることができる。

この手軽に、やさしくなにごとも手に入れられることが実は精神の空白感を若い世代に作

りあげている。　『春は馬車に乗って』（エッセイ）

†

日本の福祉施設には日本の貧しさがあきらかにあらわれている。経済的な貧しさだけではない。社会が役に立たなくなった者を扱う時のやさしさの貧困である。それは人間的な貧しさだと言ってよい。　『春は馬車に乗って』（エッセイ）

†

閑《ひま》があるということが悪徳のような考えはもはや古い。古いというより間ちがっている。人間にとって閑は必要だし、閑があれば悪いことだ、怠け者だという連想はおかしい。閑があればこそ人間は精神生活ができるのである。

だから問題は閑があることではない。閑をつくりだすべきなのである。私の考えでは忙しい、忙しいと言っている一般の主婦は閑をつくることが下手なのであり、また折角作った閑を有効に使っていないように思える。　『春は馬車に乗って』（エッセイ）

監修者あとがき

遠藤周作氏からの贈り物

鈴木　秀子

一九九六年の九月に、作家遠藤周作さんが亡くなられました。

「やさしい医療」を提唱されて、大きな影響を与えた遠藤周作さんでした。にもかかわらず、ご本人の最期は辛い辛い病気の連続で、「やさしい医療」とは程遠いものでした。

特に遠藤さんにとって最高の傑作といわれ、あるいは全作品の集大成ともみなされる『深い河』の出版予定の日には、生死の境をさまよっておられました。

私は三年半にわたって、その病床に伺うことができました。親しい友人もお会いできなくなった中で、私はご家族の方のみの中に入れていただき、どんなに遠藤さんが三年半の病床を辛い思いでお過ごしになったかを目の当たりに感じとらせていただきました。

遠藤さんが亡くなられた夜、ご長男の遠藤龍之介さんは、「父の最期は凄絶でした」という言葉で表現していらっしゃいました。

その言葉の通り、遠藤さんは夜中でも二時間おきに腎臓透析を受けなくてはならず、奥様の順子夫人と共に、睡眠を十分にとれない年月が続いておりました。その上、薬害からくる体中の痒みに、大変に苦しんでおられました。

その苦しみに、順子夫人がふと、「まるでヨブみたいね」とおっしゃいました。ヨブというのは、『旧約聖書』の「ヨブ記」に出てくる人物のことです。ヨブは義人であり、正しいことをしているにもかかわらず、あらゆる人間の味わいうる限りの苦しみを身に負います。その苦しみを通しながら、神に常に語りかけるのです。「なぜこのように自分は苦しまなければならないのか。何も悪いことをしていないのに、なぜこんなに苦しまなければならないのか」と。

遠藤さんは、順子夫人の言葉を聞き、「ヨブか。そうだ。ヨブのような苦しみなんだ」とおっしゃいました。そして、「治ったら『ヨブ記』を書く」ということを目標に据え、それ以来、まるで人が変わったように、辛さ苦しみを訴えることがまったくなくなりました。

残念なことに、遠藤さんの『ヨブ記』はついに書かれずに終わりました。しかし、私は、遠藤さんは『ヨブ記』は書かなかったけれども、まさにヨブそのものを生き抜いたと感じています。

「やさしい医療」を提唱した遠藤周作さんご自身が、最も避けたかったのは病床の辛い日々でした。しかし遠藤さんは最も避けたい苦痛に直面せざるを得ませんでした。そしてそれを雄々しく耐えぬいたのです。

遠藤周作さんが『ヨブ記』を書く代わりに残されたもの、それは、苦しみの意味は何なのか、こんな苦しみが起こってほしくない、苦しみがないことこそ幸せと願う私たちの前に、その苦しみを受け入れること、ヨブのようにその苦しみを受け入れてこそ、見えてくる人間の真の幸せというものがあるということを、身をもって私たちに伝えてくださったことだと思います。

三十数年に及ぶ遠藤さんとの深い交わり、親しくしていただきましたことに、私は遠藤さんのことを思うたびに深い感謝を捧げております。特にご長男が、遠藤さんの最期を「凄絶」と形容された、あの三年半にわたる入院の日々に、遠藤さんご夫妻が私を招き入れてくださったことに、とても温かい感謝の気持ちを感じ続けております。

本書『人生には何ひとつ無駄なものはない』はその感謝の気持ちを込めて、遠藤さんの多数の作品の中から、珠玉の言葉を選び取って編んだものです。

どうか、喜びや悲しみや、幸福や不幸や、私たちの人生のすべてを考えるよすがとしてお読みいただきたいと思います。

著作リスト

昭和28年（1953年）

『フランスの大学生』早川書房

昭和29年（1954年）

『カトリック作家の問題』早川書房

昭和30年（1955年）

『堀辰雄』一古堂

『白い人・黄色い人』講談社

昭和31年（1956年）

『神と悪魔』現代文芸社

『青い小さな葡萄』新潮社

昭和32年（1957年）

『タカシのフランス一周』白水社

『恋することと愛すること』実業之日本社

昭和33年（1958年）

『月光のドミナ』東京創元社

『海と毒薬』文藝春秋

『恋愛ノート』東都書房

昭和34年（1959年）

『恋の絵本』平凡出版

『おバカさん』中央公論社

『蜘蛛——周作恐怖譚』新潮社

昭和35年（1960年）

『新鋭文学叢書6　遠藤周作』新潮社

『火山』文藝春秋新社

『あまりに碧い空』新潮社

『聖書のなかの女性たち』角川書店

昭和36年（1961年）

『ヘチマくん』新潮社

昭和37年（1962年）

『昭和文学全集20　安岡章太郎・遠藤周作』角川書店

『長編小説全集33　遠藤周作集』講談社

『結婚』講談社

昭和38年（1963年）

『宗教と文学』南北社

昭和39年（1964年）

『わたしが・棄てた・女』文藝春秋新社

『新日本文学全集9　遠藤周作・小島信夫集』集英社

『浮世風呂』講談社

『一・二・三！』中央公論社

『偽作』東方社

昭和40年（1965年）

『狐狸庵閑話』桃源社

『哀歌』講談社

昭和41年（1966年）

『沈黙』新潮社

『金と銀』佼成出版社

『現代の文学37　遠藤周作集』河出書房新社

『楽天主義のすすめ』青春出版社

『協奏曲』講談社

『さらば、夏の光よ』桃源社（「白い沈黙」の改題）

『闇のよぶ声』光文社（「海の沈黙」の改題）

昭和42年（1967年）

『われらの文学10　福永武彦・遠藤周作』講談社

『遠藤周作のまごころ問答』コダマプレス

『ぐうたら生活入門』未央書房

『キリシタン時代の知識人――背教と殉教』〈共著〉日本経済新聞社
『現代の快人物――狐狸庵閑話 巻之貳』桃源社
『どっこいショ』講談社
『私の影法師』桂書房
『古今百馬鹿――狐狸庵閑話 巻之参』桃源社
昭和43年（1968年）
『快男児・怪男児』講談社
『現代文学大系61 堀田善衛・遠藤周作・阿川弘之・大江健三郎集』筑摩書房
『日本短編文学全集21 有島武郎・椎名麟三・遠藤周作』筑摩書房
『影法師』新潮社
『周作口談』朝日新聞社
昭和44年（1969年）
『新潮日本文学56 遠藤周作集』新潮社
『現代文学の実験室6 遠藤周作集』大光社
『それ行け狐狸庵』文藝春秋
『遠藤周作ユーモア小説集』講談社
『大変だァ』新潮社
『日本の文学72 中村真一郎・福永武彦・遠藤周作』中央公論社
『薔薇の館・黄金の国』新潮社
『楽天大将』講談社
昭和45年（1970年）
『遠藤周作怪奇小説集』講談社
『愛情論――幸福の手紙』虎見書房
『遠藤周作の本』ＫＫベストセラーズ
『狐狸庵閑話』講談社（「狐狸庵閑話」「現代の快人物」「古今百馬鹿」の合本）
『石の声』冬樹社
昭和46年（1971年）
『切支丹の里』人文書院
『カラー版日本文学全集51 安岡章太郎・吉行淳之介・遠藤周作』河出書房新社
『現代日本の文学45 安岡章太郎・遠藤周作集』学習研究社
『母なるもの』新潮社
『黒ん坊』毎日新聞社
『現代の文学20 遠藤周作』講談社
『埋もれた古城』新潮社（「悲劇の山城をさぐる」の改題）
『遠藤周作シナリオ集』講談社
昭和47年（1972年）
『ただいま浪人』講談社
『狐狸庵雑記帳』毎日新聞社
『現代日本文学大系87 堀田善衛・遠藤周作・井上光晴集』筑摩書房
『ぐうたら人間学』講談社
『牧歌』番町書房
『海と毒薬』〈翻訳〉イギリスで出版
『沈黙』〈翻訳〉スウェーデン、ノルウェー、フランス、オランダ、ポーランド、スペインで出版
昭和48年（1973年）

『狐狸庵型』番町書房
『ぐうたら交友録』講談社（「周作口談」の改題）
『灯のうるむ頃』講談社
『ぐうたら愛情学』講談社
『死海のほとり』新潮社
『メナム河の日本人』新潮社
『ぐうたら会話集』〈対談集〉角川書店
『イエスの生涯』新潮社（「聖書物語」の改題）
『遠藤周作第二ユーモア小説集』講談社
『ぐうたら怠談』〈対談集〉毎日新聞社
昭和49年（1974年）
『ぐうたら好奇学』講談社
『ピエロの歌』新潮社
『周作快談』〈対談集〉毎日新聞社
『狐狸庵 VS マンボウ』〈共著〉講談社
『遠藤周作文庫』（全51冊の刊行始まる）講談社
『口笛を吹く時』講談社
『うちの女房、うちの息子』講談社
『喜劇新四谷怪談』新潮社
『最後の殉教者』講談社
『恋愛作法』いんなぁとりっぷ社
『日本人を語る』〈対談集〉小学館
『おバカさん』〈翻訳〉イギリス、ピーター・オウエン出版社
昭和50年（1975年）
『遠藤周作文学全集』〈全11巻〉新潮社
『君たちの悩みにまじめにお答えします』集英社
『彼の生きかた』新潮社
『この人たちの考え方』〈対談集〉読売新聞社
『怠談』〈対談集〉番町書房
『身上相談』毎日新聞社
『ぼくたちの洋行』講談社
『吾が顔を見る能はじ』北洋社
『観客席から』番町書房
『続日本人を語る』〈対談集〉小学館
『遠藤周作ミステリー小説集』講談社
『狐狸庵 VS マンボウ PART Ⅱ』〈共著〉講談社
昭和51年（1976年）
『ボクは好奇心のかたまり』新潮社
『筑摩現代文学大系79　阿川弘之・遠藤周作集』筑摩書房
『勇気ある言葉』毎日新聞社
『私のイエス——日本人のための聖書入門』祥伝社
『砂の城』主婦の友社
昭和52年（1977年）
『悲しみの歌』新潮社（「死なない方法」の改題）
『鉄の首枷——小西行長伝』中央公論社
『走馬燈——その人たちの人生』毎日新聞社
『旅は道づれ世は情け』番町書房
『自選　作家の旅』山と溪谷社
『日本人はキリスト教を信じられ

るか』〈対談集〉講談社
『愛情セミナー』集英社
昭和53年（1978年）
『ウスバかげろう日記』文藝春秋
『人間のなかのX』中央公論社
『新潮現代文学41　沈黙　イエスの生涯』新潮社
『キリストの誕生』新潮社（「イエスがキリストになるまで」の改題）
『ぐうたら会話集・第2集』〈対談集〉角川書店
『イエスの生涯』〈翻訳〉イタリア、クエリニアナ出版社
『わたしが・棄てた・女』〈翻訳〉ポーランド、バックス出版社
『火山』〈翻訳〉イギリス、ピーター・オウエン出版社
昭和54年（1979年）
『王妃マリー・アントワネット①』朝日新聞社
『銃と十字架』中央公論社
『十一の色硝子』新潮社
『異邦人の立場から』日本書籍
『周作怠談・12の招待状』〈対談集〉主婦の友社
『お茶を飲みながら』小学館
『ぐうたら社会学』集英社
『王妃マリー・アントワネット②』朝日新聞社
『口笛をふく時』〈翻訳〉イギリス、ピーター・オウエン出版社
『イエスの生涯』〈翻訳〉アメリカ、ポーリスト出版社
昭和55年（1980年）
『結婚論』主婦の友社
『天使』角川書店
『侍』新潮社
『ぐうたら会話集・第3集』〈対談集〉角川書店
『狐狸庵二十面相』文藝春秋
『父親』〈上・下〉講談社
『かくれ切支丹』角川書店
『王妃マリー・アントワネット③』朝日新聞社
『作家の日記』作品社
『遠藤周作による遠藤周作』青銅社
『真昼の悪魔』新潮社
昭和56年（1981年）
『狐狸庵うちあけばなし』集英社
『愛と人生をめぐる断想』文化出版局
『王国への道——山田長政』平凡社
『王妃マリー・アントワネット』〈合本〉朝日新聞社
『名画・イエス巡礼』文藝春秋
『僕のコーヒーブレイク』〈対談集〉主婦の友社
昭和57年（1982年）
『女の一生　第一部・キクの場合』朝日新聞社
『女の一生　第二部・サチ子の場合』朝日新聞社
『侍』〈翻訳〉イギリス、ピーター・オウエン出版社
『足のむくまま気のむくまま』文藝春秋
『自分をどう愛するか　生活編』

青春出版社
『冬の優しさ』文化出版局
『あべこべ人間』集英社
『遠藤周作と考える――幸福、人生、宗教について』ＰＨＰ研究所
昭和58年（1983年）
『悪霊の午後』講談社（「燭台」の改題）
『私にとって神とは』光文社
『よく学び、よく遊び』小学館
『イエス・キリスト』新潮社（「イエスの生涯」と「キリストの誕生」の合本）
『イエスに邂った女たち』講談社
昭和59年（1984年）
『自分づくり――自分をどう愛するか　生き方編』青春出版社
『生きる学校』〈対談集〉文藝春秋
『快人探検』〈対談集〉青人社
『Stained Glass Elegies』〈短編集・翻訳〉イギリス、ピーター・オウエン出版社（「四十歳の男」ほか十編）
昭和60年（1985年）
『私の愛した小説』新潮社
『何でもない話』講談社
『ほんとうの私を求めて』海竜社
『宿敵』〈上・下〉角川書店
『狐狸庵が教える「対話術」』〈対談集〉光文社
昭和61年（1986年）
『心の夜想曲《ノクターン》』文藝春秋
『ひとりを愛し続ける本』青春出版社
『スキャンダル』新潮社
『風の肉声』大和出版
『狐狸庵が教える「対談学」』〈対談集〉光文社
『私が見つけた名治療家32人』〈対談集〉祥伝社
『遠藤周作のあたたかな医療を考える』読売新聞社
『あなたの中の秘密のあなた』ハーレクイン・エンタープライズ日本支社
『男感覚女感覚の知り方』青春出版社
昭和62年（1987年）
『わが恋《おも》う人は』講談社
『死について考える――この世から次の世界へ』光文社
『新ぐうたら怠談』〈対談集〉光文社
『ピアノ協奏曲二十一番』文藝春秋
『眠れぬ夜に読む本』光文社
『あまのじゃく人間へ』青春出版社
『妖女のごとく』講談社
昭和63年（1988年）
『遠藤周作と語る――日本人とキリスト教』〈対談集〉女子パウロ会
『こころの不思議、神の領域』〈対談集〉ＰＨＰ研究所
『ファーストレディ』〈上・下〉新潮社（「セカンドレディ」の改題）
『その夜のコニャック』文藝春秋

『スキャンダル』〈翻訳〉イギリス、ピーター・オウエン出版社
平成元年（1989年）
『〝逆さま流〟人間学』（後、『らくらく人間学』と改題）青春出版社
『春は馬車に乗って』文藝春秋
『こんな治療法もある』〈対談集〉講談社
『反逆』〈上・下〉講談社
『落第坊主の履歴書』日本経済新聞社（「私の履歴書」の改題）
『留学』〈翻訳〉イギリス、ピーター・オウエン出版社
平成２年（1990年）
『変るものと変らぬもの』文藝春秋（「日時計」の改題）
『心の海を探る』〈対談集〉プレジデント社
『考えすぎ人間』青春出版社
平成３年（1991年）
『生き上手　死に上手』海竜社
『決戦の時』〈上・下〉講談社
『男の一生』〈上・下〉日本経済新聞社
『人生の同伴者』〈対談〉春秋社
平成４年（1992年）
『心の砂時計』文藝春秋
『対論　たかが信長されど信長』文藝春秋
『王の挽歌』〈上・下〉新潮社
『異国の友人たちに』読売新聞社
『狐狸庵歴史の夜話』牧羊社
平成５年（1993年）
『万華鏡』朝日新聞社
『深い河』講談社
『キリスト教ハンドブック』〈遠藤周作編〉三省堂
平成６年（1994年）
『心の航海図』文藝春秋
『狐狸庵閑談』読売新聞社
『遠藤周作と Shusaku Endo』春秋社
『「深い河」をさぐる』〈対談〉文藝春秋
平成７年（1995年）
『女』講談社
平成８年（1996年）
『戦国夜話』小学館
『風の十字架』小学館
『遠藤周作歴史小説集』〈全７巻〉完結　講談社
『なつかしき人々』〈１〉小学館
『生きる勇気が湧いてくる本』騎虎書房
『なつかしき人々』〈２〉小学館
平成９年（1997年）
『最後の花時計』文藝春秋
『無鹿』文藝春秋
『好奇心は永遠なり』講談社
『夫婦の一日』新潮社
『「深い河」創作日記』講談社
『心のふるさと』文藝春秋
平成10年（1998年）
『信じる勇気が湧いてくる本』祥伝社

人生《じんせい》には何《なに》ひとつ無駄《むだ》なものはない　朝日文庫

2005年６月30日　第１刷発行
2016年５月20日　第11刷発行

著　者　遠《えん》藤《どう》周《しゅう》作《さく》
監　修　鈴《すず》木《き》秀《ひで》子《こ》

発行者　首藤由之
発行所　朝日新聞出版
〒104-8011　東京都中央区築地5-3-2
電話　03-5541-8832（編集）
03-5540-7793（販売）
印刷製本　大日本印刷株式会社

Published in Japan by Asahi Shimbun Publications Inc.
定価はカバーに表示してあります

ISBN978-4-02-261475-9

落丁・乱丁の場合は弊社業務部（電話03-5540-7800）へご連絡ください。
送料弊社負担にてお取り替えいたします。

朝日文庫

河合　隼雄
Q&Aこころの子育て
誕生から思春期までの48章

誕生から思春期までの子育ての悩みや不安に、臨床心理学の第一人者・河合隼雄がやさしく答える一冊。

河合　隼雄
大人の友情

人生を深く温かく支える「友情」を、臨床心理学の第一人者が豊富な臨床例と文学作品からときほぐす、大人のための画期的な友情論。

河合　隼雄／中沢　新一
仏教が好き！

臨床心理学者と宗教学者による仏教の魅力を探る対話。聖者の生涯、臨終場面、戒律などを他宗教と比較しながらユーモアたっぷりに語る。

河合　隼雄／鷲田　清一
臨床とことば

臨床心理学者と臨床哲学者、偉大なる二人の臨床家によるダイアローグ。心理学と哲学のあわいに「臨床の知」を探る！〔解説・鎌田　實〕

河合　隼雄／梅原　猛
小学生に授業

小学校の教壇に立つ、世界的権威の教授陣。子供の率直な質問に、知識を総動員して繰り広げる、笑いと突っ込みありの九時限。〔解説・齋藤　孝〕

河合　隼雄
新装版　おはなしの知恵

桃太郎と家庭内暴力、白雪姫に見る母と娘。「おはなし」に秘められた深い知恵を読み解く、河合隼雄のおはなし論決定版！〔解説・小川洋子〕